# La femme trahie

PENNY JORDAN

# La femme trahie

*Traduction française de*
CHARLOTTE MEIRA

HARLEQUIN

*Collection :* Azur

*Titre original :*
A TREACHEROUS SEDUCTION

*Ce roman a déjà été publié en 2010.*

**HARPERCOLLINS FRANCE**
83-85, boulevard Vincent-Auriol, 75646 PARIS CEDEX 13
Service Lectrices — Tél. : 01 45 82 47 47

www.harlequin.fr

ISBN 978-2-2803-4523-1 — ISSN 0993-4448

# 1.

Le visage blême, Beth contemplait le contenu des cartons qu'elle venait d'ouvrir.

— Oh, non… non ! s'écria-t-elle, au désespoir, en brandissant un verre à pied.

Une des pièces du service qu'elle avait commandé à Prague pour son magasin… Sur le point de défaillir, elle ferma les yeux. « C'est un malentendu », songea-t-elle, comme pour conjurer le sort. Il ne pouvait s'agir que d'une erreur, d'une terrible erreur. Cette commande était très importante pour elle — et pas seulement sur le plan financier.

Les mains tremblantes, elle ouvrit un deuxième carton. Mais la série de carafes qu'elle découvrit confirma ses craintes.

Trois heures durant, seule dans l'office du magasin qu'elle dirigeait avec sa meilleure amie, Kelly Frobisher, elle déballa les objets un à un.

Ces… horreurs, il n'y avait pas d'autres mots pour décrire un ouvrage si grossier, étaient dignes d'un panthéon du mauvais goût. Cette verroterie ne ressemblait en rien à la reproduction du service baroque qu'elle avait découvert avec tant de plaisir en République tchèque. Les boîtes contenaient certes le nombre exact de verres, de coupes et de carafes qu'elle avait demandé, mais l'ensemble n'était qu'une vulgaire caricature de la merveille qu'elle avait attendue.

Hors de question qu'elle vende cette pacotille ! Ses clients, des hommes et des femmes de goût, très sourcilleux sur la qualité de la marchandise, seraient certainement déçus si d'aventure elle exposait ce service dans la boutique.

A cette idée, Beth sentit une boule d'angoisse se former dans sa gorge. Et dire que ces dernières semaines, elle avait pris un malin plaisir à parler de ce service aux plus fins chineurs de la ville. « Je le recevrai pour les fêtes de Noël, leur avait-elle annoncé, un sourire triomphal sur les lèvres. Avec ces verres, vous serez transportés à l'époque de la Venise baroque et des fastes de Byzance. Si vous voulez les réserver très tôt, n'hésitez pas. Je suis sûre qu'ils vont s'arracher comme des petits pains. »

L'air malheureux, elle examina de nouveau la coupe orangée qu'elle tenait dans les mains. Elle se souvint alors de la couleur originelle du modèle qu'elle avait choisi : un rouge groseille si profond qu'il lui avait rappelé l'éclat d'un rubis.

Pour commander ce service, elle avait tout joué : l'avenir du magasin, ses ressources personnelles et sa réputation. De Prague, elle avait appelé le gestionnaire de son compte pour le persuader de lui accorder un crédit supplémentaire.

Avec l'énergie du désespoir, elle s'attaqua aux deux derniers cartons. Peut-être contiendraient-ils les pièces désirées ? Hélas, une fois de plus, elle ne trouva que des verres grossièrement polis aux couleurs crues. Où étaient le bleu profond, semblable à celui des tableaux de la Renaissance, le vert émeraude, à la fois sombre et lumineux, les dorures fines et scintillantes ? Les teintes du service qu'elle avait reçu lui rappelaient davantage celle des tubes de gouache d'un petit enfant.

Oui, c'était certainement une erreur, songea-t-elle en se levant. Elle allait appeler la cristallerie immédiatement pour les en informer.

Mesurant pleinement l'étendue des problèmes auxquels elle aurait à faire face, elle ressentit une violente migraine. Noël approchait à grands pas et, la première commande étant arrivée avec beaucoup de retard, les chances de recevoir la seconde à temps pour les fêtes étaient minces. Très minces.

Et dire que le matin même elle avait projeté de transformer sa vitrine dans la journée pour y installer le service tchèque !

Qu'allait-elle faire à présent ?

En temps normal, elle aurait aussitôt parlé de cette erreur à Kelly, mais cette fois, il n'en était pas question. Et ce, pour deux raisons.

Tout d'abord, elle s'était rendue seule à Prague, assumant de ce fait la pleine responsabilité de cette commande. De plus, Kelly, qui venait tout juste de se marier, était pour l'heure davantage préoccupée par sa nouvelle vie que par le magasin, ce qui était bien naturel.

Beth soupira profondément. Si d'aventure elle mentionnait cette débâcle financière à sa marraine, Anna, ou à Dee, la propriétaire de la boutique, ou encore à Kelly, les trois jeunes femmes s'empresseraient de lui témoigner de la compassion et lui proposeraient certainement une aide matérielle. Or c'était vraiment la dernière chose qu'elle souhaitait.

Une fois de plus, Beth fut ramenée à la triste vérité. Au sein du quatuor, elle était la seule à commettre d'aussi lourdes erreurs de jugement.

Oui, depuis toujours, elle avait l'art de se retrouver dans des situations impossibles. Par le passé, c'était elle que l'on avait dupée, trahie… blessée. Cette image d'éternelle victime lui collait à la peau, quoi qu'elle fasse, quoi qu'elle décide.

Un mélange de colère et d'angoisse l'envahit soudain. Qu'est-ce qui ne tournait pas rond chez elle ? Pourquoi se liait-elle systématiquement avec des gens mal intentionnés ?

Peut-être était-elle trop placide et accommodante, comme son entourage se plaisait à le répéter. Pourtant, comme tout un chacun, elle avait sa fierté. Pourquoi ne la traitait-on pas avec respect ?

Oh, bien sûr, elle était consciente de ses faiblesses. Ses trois amies ne se seraient jamais mises en si mauvaise posture. Voilà le genre de déboires qui n'arriverait jamais à Dee, par exemple. Personne n'oserait se jouer de cette femme d'affaires brillante et sûre d'elle. Pas plus que de Kelly, d'ailleurs. Kelly, dont le dynamisme et le rayonnement faisaient l'admiration de tous. Même Anna, qui était pourtant réputée pour sa douceur et sa gentillesse, se serait montrée plus prudente.

Il n'y avait rien à faire ; c'était elle, Beth, la jeune femme fragile et crédule. En un mot : stupide. A croire que les mots « bonne poire » étaient inscrits en lettres lumineuses sur son front.

Inutile de nier l'évidence : tout était sa faute. Il suffisait de voir avec quelle facilité Julian Cox avait réussi à l'embobiner. Aveuglée par ce qu'elle imaginait être de l'amour, elle n'avait pas compris à temps qu'il ne s'intéressait qu'à son argent.

Quand Julian l'avait quittée, clamant haut et fort qu'il ne l'avait jamais demandée en mariage, elle avait cru mourir de honte. Sans l'ombre d'un scrupule, le traître avait raconté qu'elle l'avait harcelé sans relâche…

A ce souvenir, Beth sentit ses joues s'enflammer. Elle n'était plus amoureuse de lui, Dieu merci, mais cette humiliation cuisante resterait à jamais gravée dans sa mémoire.

Avec un peu de recul, elle avait compris qu'elle ne l'avait jamais aimé. Flattée par les attentions dont il l'avait entourée dans les premiers temps, elle s'était laissée persuader qu'elle avait trouvé l'âme sœur.

Mais la leçon avait porté ses fruits. Plus jamais elle ne ferait confiance à un homme qui se déclarait amoureux au premier regard. Ça non ! D'ailleurs, elle s'était fermement tenue à cette résolution, même quand…

Sentant les battements de son cœur s'accélérer imperceptiblement, Beth renonça à tourner ses pensées vers ce sujet dangereux.

Un voile de larmes lui brouilla néanmoins la vue. Jusqu'à présent, elle avait été la seule victime de sa naïveté, mais, cette fois, son absence de discernement porterait également préjudice à Kelly.

Kelly était une artiste de grand talent. Son rôle dans leur petite affaire était double : elle peignait elle-même les services en porcelaine qui étaient vendus et tenait le magasin à mi-temps. Elle-même, diplômée d'une école de commerce, se chargeait des commandes et des relations avec les fournisseurs.

*C'est toi la femme d'affaires dans cette histoire*, se rappela-t-elle. *Tu devrais savoir faire preuve de discernement en toutes circonstances. Comment as-tu osé faire courir un tel risque à la boutique ? Et sans même demander l'avis de Kelly !*

Leur magasin d'arts de la table jouissait à présent d'une solide réputation à Rye-sur-Averton. La taille modeste de la boutique leur permettait d'offrir un service sur mesure aux clients, qui n'hésitaient pas à leur faire part de leurs désirs. Une relation de confiance s'était instaurée avec les plus fidèles d'entre eux, et Kelly et elle-même se faisaient un devoir de les contenter.

Un amateur d'art à la retraite s'était empressé de réserver trois douzaines de coupes de champagne lorsqu'il avait appris qu'elles attendaient une livraison de Prague.

— Prague ! s'était-il exclamé avec ravissement. J'y ai fait un voyage avec ma femme, il y a de longues années de cela. C'est notre anniversaire de mariage cette année, avait-il ajouté. Toute notre famille fera le déplacement. Ce serait formidable de pouvoir étrenner le service à cette occasion. Et puis, ce serait un si joli cadeau pour ma femme…

— Quelle merveilleuse idée ! s'était exclamée Beth, touchée par le romantisme du vieux monsieur.

Le sourire aux lèvres, elle s'était plu à imaginer le service baroque sur la table de salle à manger ancienne, la lumière caressante des bougies exaltant la pureté des lignes et des couleurs.

Le pauvre homme refuserait évidemment d'acheter le service tel qu'il était !

Refoulant à grand-peine ses sanglots, Beth essuya prestement ses yeux. *Courage*, se dit-elle, *tu n'es plus une enfant.* Lors de son voyage à Prague, elle s'était prouvé qu'elle était une femme accomplie, capable de mener sa vie avec détermination. Et elle se moquait bien de ce que les autres pouvaient penser d'elle !

Quand elle songeait aux « autres » en général, elle n'était pas tout à fait honnête. A vrai dire, elle pensait surtout à un homme en particulier : Alex Andrews. Cet arrogant s'était permis de se mêler de ses affaires et de lui donner des conseils à tout bout de champ. Il avait voulu s'immiscer dans sa vie, n'hésitant pas à se déclarer amoureux pour parvenir à ses fins. Un autre Julian, en somme !

Mais, cette fois, elle ne s'était pas laissé prendre au piège de sa duplicité. D'emblée, elle avait vu clair dans son jeu.

Elle se souvenait mot pour mot de ce qu'il avait osé lui dire.

— Beth, je sais qu'il est peut-être tôt pour en parler…, mais je… je suis tombé amoureux de vous, avait-il déclaré un après-midi pluvieux tandis qu'ils passaient sur le pont Charles.

— Je ne vous crois pas, avait-elle répondu durement.

Quelques jours plus tard, alors qu'ils venaient de faire l'amour pour la première fois, il avait de nouveau abordé le sujet.

— Si ce n'était pas de l'amour, peux-tu me dire ce dont il s'agissait ? avait-il demandé en caressant ses lèvres, encore gonflées par la passion.

Sa réponse avait fusé, tranchante.

— De plaisir, rien de plus.

Durant tout son séjour à Prague, il ne lui avait pas laissé un seul instant de répit.

— Méfie-toi de certains commerçants, Beth, avait-il déclaré à maintes reprises. Il y a une vraie mafia qui ne cherche qu'à truander les touristes crédules.

Ces paroles l'avaient profondément exaspérée, car, bien sûr, Alex avait joué les anges gardiens pour mieux abuser d'elle. Durant tout ce temps, il n'avait cherché qu'une seule chose : la dépouiller de son argent. Alex avait agi comme Julian, à la différence près qu'il n'avait pas hésité à coucher avec elle.

Sur ce plan-là, au moins, son ex-fiancé s'était mieux comporté.

— Je veux attendre que nous soyons mari et femme pour te faire l'amour, avait-il déclaré, l'air pénétré, le soir où il s'était déclaré.

Le désespoir qui l'avait terrassée au moment de la rupture lui semblait singulièrement étrange à présent, pour ne pas dire risible. A présent, elle comprenait que seul son orgueil avait été blessé à ce moment-là.

Lorsqu'elle pensait à Julian — ce qui arrivait fort rarement, Dieu merci —, c'était sans émotion aucune. En revanche, elle s'étonnait encore d'avoir pu trouver séduisant un rapace de son espèce.

En partant à Prague, elle avait pris la décision de se prouver à elle-même, ainsi qu'à tous, qu'elle n'était pas une jeune écervelée, prête à gober les promesses du premier beau parleur venu.

Elle était rentrée de Prague la tête haute, fière de la nouvelle femme qu'elle était devenue : plus froide et plus dure. Si les hommes n'étaient que des menteurs, elle se sentait prête à jouer à armes égales avec eux. A présent, elle avait acquis de la maturité et du bon sens.

Et si elle ne croyait plus aux vains serments de la gent masculine, rien ne l'empêchait de prendre le plaisir que les hommes pouvaient lui offrir. L'époque où les femmes étaient censées nier leur sexualité était bien révolue, heureusement ! Elle avait mis du temps à le comprendre, mais il n'était pas trop tard.

Avant sa mésaventure avec Julian, elle était encore imprégnée d'idéaux désuets concernant sa vie sentimentale.

Tout cela était terminé. Elle avait enfin ouvert les yeux sur le monde moderne. En femme d'avant-garde, elle n'avait pas l'intention de se laisser dicter sa conduite, et surtout pas par un homme.

Jouir pleinement de sa liberté sexuelle n'était plus seulement l'apanage du sexe dit fort, et si Alex Andrews ne partageait pas son point de vue… tant pis pour lui.

Comment avait-il pu imaginer qu'elle allait croire à ses mensonges ? Prétendre qu'il était tombé amoureux d'elle au premier regard… Il l'avait vraiment prise pour une gourde !

A Prague, les gens comme lui couraient les rues. Des Anglais ou des Américains d'origine tchèque, étudiants pour la plupart, qui prenaient une ou deux années sabbatiques dans le pays de leurs ancêtres pour renouer avec leurs racines. La plupart gagnaient leur vie en jouant les interprètes pour les touristes.

D'après ce qu'Alex lui avait raconté, il était maître de conférences en histoire contemporaine dans une prestigieuse université anglaise. Il avait décidé de passer une année à Prague pour tisser des liens plus profonds avec sa famille tchèque.

« Rien que ça ! » avait-elle failli lui répondre, car, naturellement, elle n'avait pas cru un mot de cette biographie fictive. Après tout, Julian Cox avait bien prétendu diriger une société d'envergure, alors qu'il n'était qu'un vulgaire manipulateur, dont les activités se situaient toujours à la frontière de la légalité.

D'emblée, Beth avait compris qu'Alex était exactement le même type d'homme : trop beau, trop sûr de lui… et certain qu'elle allait tomber dans ses bras au moindre claquement de doigts. Grâce au ciel, cette fois-ci, elle avait échappé au ridicule. Hélas ! Cela ne l'avait pas empêché de souffrir.

Dans un profond soupir, elle examina de nouveau le service qu'elle venait de déballer. Jamais elle ne pourrait se résoudre à parler de cette erreur à Dee, Anna et Kelly. Pas plus qu'elle n'oserait l'avouer au banquier de qui elle avait obtenu un prêt supplémentaire à l'arraché.

Non, elle devait trouver un moyen de réparer seule cette méprise. La première chose à faire était d'appeler la cristallerie.

Elle était sur le point de décrocher quand la sonnerie du téléphone retentit. Elle attrapa le combiné. C'était Kelly.

— Salut, Beth ! déclara cette dernière. J'ai une faveur

à te demander, mais autant te prévenir tout de suite, tu ne vas pas être contente.

— Je t'écoute…

— Voilà : Brandon doit impérativement se rendre à Singapour et il tient à ce que je l'accompagne. Nous serions absents au moins un mois… En fait, il aimerait que nous profitions de cette occasion pour aller passer quinze jours en Australie chez ma cousine. Tu comprends, on serait à mi-chemin…

— En Australie ?

— Oh, je sais ce que tu dois penser. Noël approche, les ventes vont augmenter, et je me rends bien compte que ces derniers temps, j'ai rarement travaillé plus de deux jours d'affilée… Si tu préfères que je reste, je comprendrai. Après tout, les affaires sont les affaires.

Pendant que son amie parlait, l'esprit de Beth tournait à cent à l'heure. Il serait certainement difficile de gérer seule la boutique pendant un mois, surtout avant les fêtes de fin d'année, mais si Kelly partait, cela réglait une partie du problème : elle n'aurait pas à lui avouer la vérité au sujet du service en cristal. Il ne lui en fallut pas plus pour prendre sa décision car elle voulait à tout prix éviter que l'affaire ne s'ébruite. Seule, elle s'arrangerait pour régler son erreur dans la plus grande confidentialité.

La voix de Kelly la fit soudain sursauter.

— Beth, tu es toujours là ?

— Oui, oui… écoute, ne t'en fais pas, je me débrouillerai. Tu ne peux pas passer à côté d'une occasion pareille.

— Beth, tu es vraiment un ange, mais je me sens malgré tout coupable de te laisser seule à cette époque de l'année. Je sais que tu vas être très occupée, surtout avec l'arrivage de ce nouveau service en cristal… Oh, à propos, est-il enfin arrivé ?

— Oui, répondit Beth en se mordant les lèvres.

— Génial ! Est-il aussi beau que dans ton souvenir ? Tu veux peut-être que je vienne pour t'aider à tout déballer ?

— Non, non, coupa Beth, en proie à une terrible panique.

Ce n'est pas la peine, je t'assure. Prends le temps de te préparer pour le long voyage qui t'attend.

— Bon, d'accord… Si, du moins, tu es sûre que ça ne te dérange pas, répondit Kelly d'une voix reconnaissante. Brandon comptait m'emmener à Farrow aujourd'hui. On m'a donné l'adresse d'un artisan qui fabrique des meubles à l'ancienne là-bas. C'est un village adorable, je crois, entièrement consacré à l'artisanat… Mais, si tu as besoin de moi à la boutique…

— Non, non, ça ira, assura Beth en essayant de prendre un ton enjoué.

— J'imagine que tu vas placer le nouveau service en vitrine dès aujourd'hui ? reprit Kelly. Je meurs d'envie de le voir !

Beth se crispa aussitôt.

— Euh… en fait, je ne suis pas sûre de l'exposer immédiatement. Je vais peut-être attendre un peu ; rien ne presse après tout.

— Ah bon ? Je croyais que tu comptais le faire dès réception du colis. Toi qui trépignais d'impatience ! Mais tu en es contente au moins ?

— Bien sûr ! s'exclama-t-elle en manquant s'étrangler. En ce qui concerne la vitrine, c'était mon intention, mais euh… j'ai changé d'avis. J'ai envie d'explorer deux ou trois idées de présentation avant de me lancer : nous avons encore quinze jours devant nous avant que la ville n'accroche les décorations de Noël dans les rues. Je me suis dit qu'il serait peut-être bien d'harmoniser la décoration des vitrines avec le style du service.

— C'est une excellente idée, tu as entièrement raison ! Nous pourrions même organiser un petit buffet à l'intention de nos clients pour leur présenter la collection de Noël. Oh, je vois ça d'ici, tout Rye-sur-Averton se précipitera dans la boutique ! Il faudrait commander une cinquantaine de cartons d'invitation, qu'en dis-tu ?

— Euh… oui, pourquoi pas, c'est une idée, répondit

Beth en espérant que sa voix ne trahirait pas son manque d'entrain.

— Oh, mais suis-je bête ! Si nous partons dans deux jours, je risque de rater ça ! Auras-tu la force de tout organiser seule ? Quel dommage que je ne puisse être là pour t'aider !

— Je t'assure qu'il n'y a aucun problème, répondit Beth doucement.

— Je te fais confiance… Beth, tu es certaine que tout va bien ? Je te trouve une petite voix.

— Mais non, tout va bien. C'était juste une longue journée.

— De toute façon, nous serons de retour pour Noël. Je tenais à ce que Brandon et moi passions notre premier réveillon ici, à la maison. A ce propos, pourrais-tu nous réserver une douzaine de verres, s'il te plaît ? Brandon se fait une joie de les acheter.

— Compte sur moi.

Beth raccrocha d'une main tremblante. Avec un peu de chance, elle aurait le temps d'arranger les choses durant l'absence de Kelly. Mais serait-elle prête pour le marché de Noël ? Lorsqu'elle avait passé la commande à Prague, elle avait intentionnellement choisi des couleurs d'hiver. Si le service arrivait en retard, elle doutait d'être en mesure de les vendre aussi bien au printemps ou en été. Ne restait plus qu'à appeler la fabrique pragoise, et vite !


Une heure et cinq tentatives d'appel plus tard, Beth se laissa tomber sur une chaise, découragée. D'un œil hagard, elle avisa le désordre qui régnait dans la boutique.

La colère qu'elle avait ressentie en découvrant qu'il y avait eu erreur sur la marchandise céda la place à un sentiment plus subtil. Lentement, la suspicion s'insinua dans son esprit.

La cristallerie à qui elle avait passé commande lui avait pourtant fait excellente impression. Lorsqu'elle l'avait visitée, la taille des lieux l'avait d'emblée impressionnée ainsi que le professionnalisme du directeur, un homme extrêmement affable qui l'avait aussitôt mise en confiance. Dans son bureau, il lui avait fait admirer de magnifiques services en cristal, exposés dans de larges vitrines, avant de lui demander de faire son choix. Tout avait semblé si simple !

Le bureau de sa secrétaire, clair et spacieux, était équipé du matériel dernier cri. Bien sûr, Beth avait été un peu étonnée que la batterie de téléphones et de fax ne soient pas constamment en marche, mais elle ne s'était pas arrêtée à ce détail.

Cela faisait près d'une heure qu'elle essayait de joindre la cristallerie à présent, sans obtenir la moindre tonalité. Ce n'était pas normal, elle aurait dû tomber sur un répondeur. Au pire, si le numéro de téléphone avait changé, une opératrice lui aurait indiqué le nouveau.

— Méfie-toi, ne sois pas naïve, l'avait prévenue Alex. Ce type a peut-être une bonne tête, mais rien ne te dit que ses intentions sont honnêtes. Ici, les escrocs recherchent constamment des devises étrangères. Pour eux, c'est le meilleur moyen de s'enrichir.

— Mon pauvre Alex, tu es complètement parano. Tu ne voudrais pas changer de disque ?

— Tu ferais mieux de me croire, Beth. Ici, les marchands qui prospectent dans les rues ont très mauvaise réputation. Franchement, tu devrais te montrer prudente.

— Qu'est-ce que tu racontes ? avait-elle rétorqué avec colère. Tu essaies de me faire peur, voilà tout. Et je sais très bien pourquoi : tu veux que je passe commande à tes cousins.

— Je ne vois pas le rapport. Je me contente de jouer mon rôle de guide. Il est de mon devoir de te mettre en garde contre les arnaques de cette ville. Ton accusation ne tient pas debout !

— Oh, cesse de jouer les pères la vertu ! Je ne suis pas idiote, tu sais. Depuis le début, il n'y a que ça qui t'intéresse... c'est pour ça que tu as essayé de me convaincre que tu m'aimais. Alors ne me dis pas que je suis naïve, je te prie. Si c'était le cas, je ferais ce que tu me demandes les yeux fermés !

Beth préférait oublier la réaction d'Alex à ce moment-là.

Pour tout dire, elle n'avait pas la moindre envie de se souvenir de lui.

Vraiment ? lui chuchota avec insolence la petite voix de sa conscience. Dans ce cas, pourquoi avait-il hanté toutes ses nuits depuis son retour de Prague ?

Sans doute était-ce simplement parce qu'elle était soulagée de ne pas avoir gobé ses mensonges, se dit-elle pour se rassurer. Avec le temps, ces cauchemars finiraient par disparaître.

Elle jeta un coup d'œil à sa montre : 16 heures. Il était inutile d'essayer de joindre de nouveau la cristallerie aujourd'hui. Au lieu de cela, elle allait immédiatement remballer ces horribles objets.

Dee l'ayant invitée à dîner ce soir-là, Beth devrait faire de gros efforts pour ne rien laisser paraître de sa détresse. Le cœur gros, elle monta dans son appartement pour se changer. Dans la salle de bains, elle se regarda sans complaisance dans le miroir.

— Espèce d'idiote ! lança-t-elle à son reflet.

Après avoir passé de l'eau sur son visage pour effacer ses larmes, elle se maquilla légèrement. Son teint d'ordinaire très lumineux était étonnamment pâle. Les cernes sous ses yeux témoignaient de ses dernières nuits blanches et ses joues s'étaient un peu creusées. Après s'être rapidement recoiffée, elle redescendit à la boutique.

En recouvrant les verres de papier de soie, elle songea qu'ils pourraient faire office de pots à confitures, et encore… En dépit de sa volonté de rester calme, un gémissement d'amertume lui échappa.

Quelques semaines auparavant, Dee lui avait demandé :

— Comment peut-on être sûr de la qualité des couleurs lorsque l'on demande la reproduction d'un modèle ancien ?

— Oh, ne t'inquiète pas, l'avait-elle aussitôt rassurée. Le directeur m'a montré un service qu'il avait exécuté pour un prince roumain, une reproduction également. Crois-moi, c'était une vraie merveille ! On peut faire confiance aux Tchèques en la matière. C'est leur spécialité, tu sais.

Du moins c'est ce qu'Alex Andrews lui avait soutenu au cours d'une de leurs sempiternelles disputes. Beth n'avait jamais rencontré un homme capable de susciter une telle colère en elle. Pour la première fois de sa vie, elle avait découvert aussi toute la passion dont elle était capable.

La colère et la passion. Deux sentiments dangereux isolément, explosifs lorsqu'ils étaient réunis.

*Ne pense pas à lui,* se sermonna-t-elle en achevant de ranger les verres dans leurs boîtes respectives, *et surtout, oublie ce qui s'est passé entre vous.*

A son grand dam, Beth se sentit rougir.

— Tu es merveilleuse, Beth, avait murmuré Alex après lui avoir fait l'amour. Si douce et délicate en apparence, si sensuelle et sauvage dans l'intimité…

Furieuse contre elle-même, Beth se redressa d'un bond.

— C'est fini, arrête d'y penser ! s'écria-t-elle au bord des larmes.

# 2.

— Encore un peu de café, Beth ?

— Euh... oui, merci.

— Tu as l'air préoccupé. Quelque chose ne va pas ? s'enquit Dee en reposant la cafetière.

Après le dîner, les deux amies s'étaient installées dans le salon pour consulter la pile de magazines de décoration que Dee venait d'acheter. Projetant de changer l'allure de son séjour, celle-ci avait demandé à Beth de lui donner son avis sur ses choix.

— Non, non... tout va bien, s'empressa de répondre la jeune femme.

— Bon, que penses-tu de mes idées ? N'hésite pas à être franche, surtout ! Je commence à me perdre dans toutes ces revues !

— Eh bien, je suis tout à fait d'accord avec toi en ce qui concerne le canapé : un tissu crème serait du plus bel effet. Avec une ou deux chauffeuses assorties, ce serait ravissant.

— Mmm, c'est vrai. Seulement je crains que l'ensemble ne soit trop froid, surtout en hiver.

— L'idéal serait de trouver un tapis dans les mêmes tons et de réchauffer le tout avec des coussins plus sombres, chocolat et prune par exemple. Et puis, je verrais bien un grand plaid sur ce fauteuil. Tu sais, ce sont vraiment les détails qui font la différence.

— Je suis d'accord avec toi. J'ai repéré un très joli tissu dans un des catalogues et, après avoir passé quelques coups de fil, j'ai réussi à trouver l'usine qui le fabrique. C'est une toute petite entreprise. Je me laisserais bien tenter, mais il y a un hic. Le directeur exige que je règle l'intégralité du paiement à la commande. Je ne suis pas très chaude, comme tu peux l'imaginer. Après tout, rien ne me garantit qu'ils seront en mesure d'honorer la livraison.

A ces paroles, Beth se tendit instantanément.

— Mais comme je suis têtue, poursuivit Dee, j'ai demandé à ma banque de vérifier les comptes de cette société. J'espère que le rapport sera favorable. L'étoffe est vraiment incroyable et je serais très déçue de devoir y renoncer... Enfin, comme tu le sais, il faut toujours être prudent.

Beth porta la tasse à ses lèvres pour se donner une contenance.

— Tu as dû vivre la même chose à Prague, quand tu as demandé à ta banque de vérifier les comptes de la cristallerie tchèque où tu as commandé les verres ?

— Euh... oui, en effet..., répondit Beth en détournant le regard.

Que penserait Dee si elle lui avouait qu'elle n'avait pas songé à prendre cette précaution ? Dans son excitation, elle avait oublié tout ce qu'elle avait appris au cours de ses années d'études.

Elle aurait dû demander à sa banque d'enquêter sur la cristallerie, non seulement pour vérifier sa santé financière, mais aussi pour s'assurer que la société honorait ses contrats en temps et en heure. Son imprudence était impardonnable. D'ailleurs, son banquier ne lui avait-il pas recommandé de faire appel à ses services si elle souhaitait passer une commande importante ?

Mais elle n'en avait rien fait, et à présent un terrible remords la torturait.

— Kelly m'a appelée aujourd'hui, déclara Dee sur un ton léger. Elle prévoit d'accompagner Brandon à Singapour puis en Australie.

— Oui... je sais, je l'ai eue au téléphone moi aussi.

— Comment vas-tu te débrouiller au magasin en son

absence ? Tu penses embaucher un employé à mi-temps pour t'aider un peu ?

— Oui, sans doute, répondit Beth, l'esprit ailleurs.

En dépit de ses efforts pour répondre aux questions de son amie, elle se sentait terriblement abattue. Un sentiment de profonde détresse l'envahit soudain. Que lui dirait Dee si elle lui apprenait que non seulement elle avait reçu une mauvaise livraison, mais qu'on l'avait certainement roulée dans la farine ? Comment lui expliquer qu'elle n'aurait sans doute pas besoin d'embaucher un vendeur pour lui prêter main-forte, attendu qu'il n'y avait plus rien à vendre ?

Une nouvelle crainte s'empara de Beth. Si elle n'avait pas de stock à écouler, comment allait-elle payer le loyer qu'elle devait à Dee ?

Ayant tout misé sur cette commande, elle n'avait plus un sou sur son compte. Oui, elle avait joué toutes ses cartes… et pour rien.

Bien sûr, ses parents n'hésiteraient pas à l'aider, tout comme Anna d'ailleurs. Mais elle ne voulait pas leur avouer à quel point elle avait été imprudente. Sûrement pas ! La situation était peut-être épineuse, mais elle devait la surmonter seule. Il en allait de sa fierté.

En tout premier lieu, elle allait retrouver les fournisseurs et exiger d'eux qu'ils récupèrent les colis et lui renvoient les verres qu'elle avait commandés.

La voix de Dee l'arracha à ses pensées.

— Beth, es-tu sûre que tout va bien ?

Son amie lui parlait depuis quelques minutes, mais elle n'avait pas la moindre idée du sujet de ses propos.

— Oui, oui, répondit-elle en sentant ses joues s'empourprer. Tout va bien, je t'assure… Je dois être un peu fatiguée.

— Je me proposais de venir t'aider à la boutique si jamais tu avais besoin d'un coup de main.

— Toi ? s'écria Beth en regardant son amie avec stupéfaction.

S'il y avait bien une femme qu'elle n'imaginait pas dans

un magasin, c'était bien Dee. Contre toute attente, cette dernière se mit à rougir.

— Ne fais pas cette tête, dit-elle, un peu sur la défensive. J'ai travaillé dans un magasin à l'époque où j'étais étudiante.

Un voile triste obscurcit le regard de la jeune femme. Intriguée, Beth affecta de ne pas s'en apercevoir. Dee paraissait toujours conquérante et sûre d'elle, mais l'on sentait parfois chez elle comme une blessure secrète.

— Pardonne-moi si je t'ai semblée surprise. C'est parce que je sais que ton emploi du temps est très chargé, voilà tout.

A la mort de son père, un puissant homme d'affaires de la région, Dee avait choisi de reprendre la direction de son empire financier. Grâce à ses talents de femme d'affaires, elle avait fait prospérer la firme. Mais son activité ne se limitait pas au seul domaine commercial. Humaniste dans l'âme, elle administrait également plusieurs associations caritatives, offrant une aide aux plus démunis de Rye-sur-Averton.

Elle avait hérité sa générosité de son père, un philanthrope de l'ancienne école, qui avait toujours considéré qu'il était de son devoir de venir en aide à son prochain. C'était lui qui avait élevé Dee seul après la mort prématurée de sa femme.

Profondément marquée par cette image paternelle forte, Dee avait mis un point d'honneur à défendre la mémoire de cet homme. Lorsqu'elle recevait des louanges pour le travail qu'elle accomplissait auprès de la population de la ville, elle rappelait aussitôt qu'elle n'était que la représentante de son père.

En s'installant à Rye-sur-Averton, Beth et Kelly avaient trouvé étonnant que leur propriétaire ne se fût jamais mariée. A plusieurs reprises, elles avaient pu constater que sous les apparences de la femme d'affaires accomplie, Dee cachait une grande sensibilité et un véritable instinct maternel. En outre, elle était dotée d'une beauté racée que beaucoup de femmes devaient lui envier.

— Peut-être qu'elle n'a pas encore trouvé l'âme sœur, avait suggéré Beth le jour où Kelly avait abordé le sujet.

A cette époque, elle-même était sûre d'avoir trouvé le prince charmant en la personne de Julian Cox. De ce fait, elle se sentait disposée à plaindre toutes celles qui n'avaient pas eu la même chance.

— Je ne suis pas sûre que ce soit la raison de son célibat, avait répondu Kelly. Loin de moi l'idée de faire de la psychologie de comptoir, mais il est possible qu'à ses yeux, aucun homme n'arrive à la cheville de son père.

En tout cas, une chose était sûre : Dee avait toujours tenu à préserver sa vie privée. C'était un sujet tabou que Beth se gardait bien d'aborder avec elle.

Pourtant, ce soir-là, Dee semblait étrangement vulnérable ; plus douce et plus jeune aussi. C'était sans doute parce qu'elle avait laissé flotter ses cheveux sur ses épaules, au lieu de les attacher en chignon comme elle en avait l'habitude.

Dee était exactement le type de femme dont il était impossible de se jouer. Son regard perçant, son élégance naturelle et son incroyable charisme imposaient d'emblée le respect.

*Tout le contraire de moi !* songea tristement Beth.

Son allure délicate et la finesse de ses traits attendrissaient les gens, mais ne les impressionnaient guère. Ses cheveux blonds auréolaient son visage candide. Adolescente, elle avait caressé le fol espoir de grandir un peu plus. Du haut de son mètre soixante-trois, elle voyait mal comment s'imposer. Un jour où elle se plaignait de sa taille auprès de Julian, celui-ci lui avait répondu qu'elle était « gracieuse et menue ». Le traître ! Il n'en pensait certainement pas un mot. Longiligne malgré tout, elle dégageait en toutes circonstances un air de douceur qui commençait à lui peser. Un jour, Kelly avait eu le malheur de la comparer à Beth, dans les *Quatre filles du docteur March*… La plus fragile des sœurs.

Elle qui enviait tant la féminité conquérante de son amie !

Sur une impulsion subite, juste avant de partir à Prague, elle avait fait couper sa longue chevelure. Sa nouvelle coupe, un carré court savamment dégradé, lui seyait parfaitement.

Mais pour elle, ce changement de coiffure avait surtout constitué une façon de tirer un trait sur le passé.

— Que tu es belle ! s'était exclamé Alex en l'enlaçant dans ses bras pour la première fois. La plus belle femme du monde…

Ces belles paroles ne l'avaient pas dupée, bien sûr. Comme tous les autres, il avait menti pour s'attirer ses faveurs. Malgré cela, une douleur aiguë lui avait serré le cœur.

En quoi aurait-elle pu plaire à cet homme sur lequel toutes les femmes se retournaient ? Alex était incroyablement beau, non pas à la manière des stars d'Hollywood, mais plutôt comme un dieu de la Grèce antique. Grand, élancé et fort, il dégageait un magnétisme solaire qu'elle n'avait jamais ressenti chez aucun autre homme. Subjuguée par sa sensualité mâle et par les intonations caressantes de sa voix grave, elle avait dû lutter pour ne pas s'abandonner corps et âme au désir qu'il lui inspirait.

Elle se souvenait également de la couleur étonnante de ses iris, un gris-bleu incroyablement chaleureux… A cette seule évocation, elle se sentait encore en proie à leur pouvoir incendiaire.

— Beth… ?

— Pardonne-moi, je suis un peu distraite ce soir.

— Ce n'est pas grave, la rassura Dee avec un sourire chaleureux. Kelly m'a appris que tu as enfin reçu ta commande. J'ai hâte d'admirer cette merveille… Pourrais-je passer à la boutique demain ? Pour une fois, j'ai un peu de temps libre.

Sur le point de paniquer, Beth prit le premier prétexte qui lui traversa l'esprit.

— Euh… en fait, je suis désolée, mais je préfère attendre que la ville soit décorée pour Noël avant de les montrer. Tu comprends, je n'ai pas encore installé les verres en vitrine.

— Je vois, coupa Dee en éclatant de rire. Tu veux nous faire la surprise ! C'est une très bonne idée, même si je brûle d'impatience. Je suis sûre que tu trouveras la meilleure manière de mettre ce service en valeur. Tu as vraiment l'œil pour ces choses-là, ce qui est loin d'être mon cas. Heureusement que tu es venue m'aider ce soir pour la déco de mon salon !

— Tu as très bon goût, protesta Beth. Tu avais simplement besoin d'un ou deux conseils pour les détails.

Les deux amies discutèrent encore quelques minutes jusqu'à ce que Beth jette un coup d'œil à sa montre.

— Il se fait tard, déclara-t-elle d'une voix éteinte. Il est temps que je rentre.

— N'oublie pas de me faire signe si tu as besoin d'un coup de main à la boutique, lui rappela Dee. Je sais qu'Anna se porte régulièrement volontaire, mais…

Beth ne lui laissa pas achever sa phrase.

— Je doute que Ward la laisse passer plusieurs heures debout dans une boutique à présent !

Les deux femmes partirent d'un grand éclat de rire.

— A croire qu'aucune femme n'a attendu d'enfant avant elle ! reprit Beth en faisant la moue. Elle a beau lui répéter sur tous les tons qu'être enceinte est un état parfaitement naturel, il la couve comme si le moindre coup de vent pouvait la briser !

Dee acquiesça en souriant.

— Le moins que l'on puisse dire, c'est qu'il est protecteur ! L'autre jour, j'ai cru qu'il allait m'étrangler quand il a appris que j'avais accompagné Anna chez le fleuriste et que j'avais commis le crime de lui laisser porter un minuscule pot de bégonias !

— Non ! C'est à ce point ?

— Ah, il ne plaisante pas avec la grossesse de sa femme ! Mais, pour être franche, je crois qu'il m'en veut toujours un peu de l'avoir envoyé paître le jour où il est venu chez Anna pour lui déclarer sa flamme.

— Tu ne faisais que la protéger, protesta Beth.

Elle-même appréciait beaucoup Ward et se réjouissait que sa marraine ait enfin trouvé le bonheur après de longues années de veuvage, mais elle comprenait bien que des personnalités aussi fortes que Ward et Dee puissent s'affronter.

Une frontière très mince séparait les hommes de

caractère de ceux qui n'aspiraient qu'à une chose : dominer. Heureusement, Ward Hunter, comme Brandon Frobisher, se situaient du bon côté de la ligne.

Ce qui n'était pas le cas d'Alex Andrews.

Alex… Il aurait sûrement applaudi s'il avait été témoin de sa déconfiture. « Je te l'avais bien dit », n'aurait-il pas manqué de lui asséner.

Le monstre !

De retour chez elle, elle pensait toujours à lui. Le cœur gros, elle alla se faire une tasse de thé qu'elle sirota tristement, allongée sur son lit.

Alex Andrews… Alex Charles Andrews.

— Mes parents m'ont donné Charles comme deuxième prénom en l'honneur de ce pont, lui avait-il dit alors qu'ils se promenaient sur le pont Charles. C'était pour que je n'oublie jamais mon ascendance tchèque.

— C'est pour ça que vous avez décidé de passer du temps ici ? s'était-elle enquise avec curiosité, en dépit de sa volonté de paraître détachée.

— Oui. Mes parents sont revenus à Prague en 1993, après la révolution de velours. Malheureusement, mon grand-père est mort trop tôt. Il ne sera jamais rentré au pays.

A ce moment-là, son regard s'était assombri et Beth avait dû redoubler d'efforts pour ne pas se laisser attendrir.

— Il a quitté Prague avec ma grand-mère en 1946, avait-il poursuivi. A l'époque, ma mère n'avait que deux ans. Elle ne se souvenait plus de rien, mais mon grand-père me parlait souvent de sa ville…

Il s'était arrêté et Beth avait senti sa gorge se nouer.

— Il désirait tant revenir ! Bien sûr, il était heureux d'avoir émigré en Angleterre, d'avoir offert cette liberté à sa femme et à sa fille, mais la nostalgie de Prague ne l'a jamais quitté… Un jour, il est venu me rendre visite à Cambridge et je l'ai emmené canoter sur la rivière Cam. En regardant le paysage, il m'a dit ces mots : « C'est beau, mais ce n'est rien à côté du fleuve qui coule à Prague. Tant que tu ne seras pas allé sur le pont Charles, tu ne comprendras pas ce que je veux dire. »

— Et avez-vous fini par le comprendre ? avait demandé Beth d'une voix douce.

— Oui, avait-il répondu en plantant son regard dans le sien. Jusqu'à ce que je découvre ce pays, je m'étais toujours considéré comme Anglais à cent pour cent. Je connaissais mon héritage tchèque bien sûr, mais par le biais des histoires de mon grand-père. Des histoires qui n'avaient pas de réelle substance pour moi… Le château que sa famille possédait autrefois, la terre alentour, les trésors et les beaux meubles, tout cela demeurait abstrait. Et puis, je suis arrivé ici et j'ai ressenti un choc. J'ai compris qu'une partie de mon histoire, une partie de l'homme que j'étais m'avait manqué jusqu'alors.

— Avez-vous l'intention de rester définitivement à Prague ? avait-elle demandé en tâchant de dissimuler son émotion.

— Non, j'y ai pensé bien sûr, mais plus maintenant… C'est impossible.

A ce moment, un éclair avait déchiré le ciel dans un fracas assourdissant et des trombes d'eau s'étaient déversées sur eux. Aussitôt, Alex l'avait saisie par le bras pour l'entraîner à l'abri d'une alcôve en pierre, à quelques mètres de là. C'était à cet endroit qu'il lui avait déclaré son amour.

Un sentiment de panique s'était alors emparé de Beth. Elle ne devait pas retomber dans le piège ! Nul doute qu'Alex avait de bonnes raisons de formuler un tel aveu.

— Je ne vous crois pas, avait-elle répondu méchamment. Je ne veux pas vous entendre dire une chose pareille.

Puis, sans réfléchir, elle s'était ruée hors de l'alcôve en courant, sans prêter attention à ses supplications.

— Attendez-moi, Beth ! Beth, arrêtez-vous !

Beth l'avait croisé pour la première fois à l'hôtel à son arrivée à Prague. Ce jour-là, tout avait très mal commencé. Ne parlant pas un mot de tchèque, elle avait désespérément besoin d'un interprète. Malheureusement, comme la ville accueillait plusieurs colloques à ce moment-là, aucun n'était libre…

Elle était entrée en conquérante dans ce charmant petit hôtel, situé en plein cœur de la vieille ville. Déjà, en sortant de l'avion, elle avait eu l'impression de respirer plus librement. Ici, personne ne la connaissait. Elle repartait sur des bases saines. Ce nouveau décor et la mission qu'elle avait acceptée l'aideraient sûrement à surmonter sa déconvenue avec Julian Cox.

Lorsque le garçon d'étage referma la porte de sa chambre, elle examina les lieux. Sans être luxueuse, cette pièce était vraiment charmante. Un grand lit de bois sombre, un canapé clair, une table basse en marbre et un somptueux bouquet de roses ; voilà plus qu'il n'en fallait pour son confort !

Après avoir installé ses affaires dans la penderie et pris une douche, elle descendit à la réception pour régler les détails de son séjour. Le gérant de l'hôtel était un homme très serviable, mais lorsqu'elle lui annonça qu'elle avait besoin d'un interprète, il se rembrunit.

— Je suis désolée, mademoiselle, mais il n'y a plus d'interprète disponible à Prague, lui annonça-t-il après avoir passé quelques coups de fil.

Son optimisme s'effrita d'un seul coup. Sans les services d'un interprète, elle serait incapable de mener sa mission à bien.

— En êtes-vous sûr ?

Au bord des larmes, elle songea sérieusement à tout annuler. C'était la petite goutte d'eau qui faisait déborder le vase ! Que pouvait-elle faire, seule dans un pays dont elle ne parlait pas la langue ? La plupart des commerçants comprenaient l'anglais, mais si elle souhaitait s'aventurer hors des sentiers battus, cela ne suffirait pas.

Toutes ses bonnes résolutions fondirent comme neige au soleil. Toujours fragilisée par le choc qu'elle avait reçu après la trahison de Julian, elle ne se sentait pas en mesure d'affronter l'obstacle. Elle était venue à Prague pour se reconstruire, pas pour se battre !

Elle s'apprêtait à remonter dans sa chambre quand un jeune homme s'approcha d'elle.

— Pardonnez-moi, mademoiselle, je n'ai pu m'empêcher d'entendre votre conversation… Ma proposition vous semblera peut-être inhabituelle, mais je peux peut-être vous aider.

Il parlait si bien l'anglais que Beth comprit aussitôt que c'était sa langue maternelle.

— Vous êtes anglais, n'est-ce pas ? demanda-t-elle, l'air suspicieux.

— De naissance, oui, répondit-il avec un sourire qui aurait fait fondre une pierre.

Mais Beth décida de ne pas se laisser impressionner par le charme évident de son interlocuteur. Pas question de laisser un homme entrer de nouveau dans sa vie. Même s'il était aussi séduisant. *Surtout* s'il était aussi séduisant.

— Moi aussi, dit-elle un peu sottement pour alimenter la conversation.

— Je m'en suis aperçu, et si je ne me trompe pas, à votre accent, vous êtes originaire de Cornouailles. En revanche, j'ai comme l'impression que vous ne parlez pas un traître mot de tchèque, contrairement à moi.

— Vraiment ? fit Beth, un peu méfiante.

Inquiète sans trop savoir pourquoi, elle le congédia d'un sourire.

Les guides sur la ville mettaient généralement en garde les touristes contre les personnes qui s'autoproclamaient guides ou interprètes. La plupart du temps, c'était le meilleur moyen pour se faire dépouiller.

Mais l'inconnu ne se découragea pas.

— Oui, je l'ai appris grâce à mon grand-père. Il était originaire de Prague…

Instinctivement, Beth fit un pas en arrière, cherchant du regard les ascenseurs.

— Vous ne me faites pas confiance, reprit son interlocuteur en souriant. C'est un bon réflexe. Une belle femme comme vous, seule dans une ville étrangère, devrait toujours se méfier des inconnus.

Beth le dévisagea froidement. Cet homme la prenait-il vraiment pour une imbécile ?

— Je ne suis pas…

Sur le point d'ajouter « belle », elle se ravisa. Inutile de débattre sur ce sujet !

— Je ne suis pas intéressée, corrigea-t-elle avec hauteur.

— Ah bon ? Pourtant, vous venez de dire à la réceptionniste que vous aviez *désespérément* besoin d'un interprète. Je suis sûr que le gérant de l'hôtel se portera garant de ma personne…

Beth ne répondit rien.

Sur un point au moins il avait raison : elle devait à tout prix trouver un interprète. Deux motifs l'avaient amenée à Prague : essayer d'oublier la souffrance qu'elle avait ressentie au moment de sa rupture avec Julian, mais aussi et surtout trouver de nouveaux objets en cristal pour la boutique : verres, coupes, carafes, vases et curiosités diverses.

Par l'intermédiaire de Dee, elle avait obtenu des adresses et des contacts, mais la meilleure manière de procéder était encore de prospecter sur place. Et pour cela, elle avait besoin du concours d'un interprète capable de la guider dans Prague et de l'accompagner dans les cristalleries.

— Pourquoi me proposez-vous votre aide ? demanda-t-elle, méfiante.

— Peut-être parce que je n'ai pas le choix, répondit-il, un sourire énigmatique au coin des lèvres.

Qu'espérait-il au juste ? songea Beth avec irritation. L'attendrir en évoquant ses problèmes d'argent ? Quelle décision devait-elle prendre ?

Elle réfléchissait encore lorsqu'une femme d'une cinquantaine d'années s'approcha d'eux. Elégante et racée, elle semblait tout droit sortie d'une revue de mode.

— Alex ! Enfin, je te trouve ! s'exclama-t-elle avec emphase. Si tu es prêt à partir, la voiture nous attend…

Tout en parlant, elle jaugea Beth du regard, l'air discrètement hautain. Intimidée par la prestance de cette femme, Beth se sentit soudain mal à l'aise dans ses vêtements décontractés — pantalon en toile beige et corsage de coton blanc. La nouvelle arrivante, tirée à quatre épingles, arborait la panoplie de la femme conquérante : un chignon strict, des ongles soigneusement manucurés, un collier de perles autour du cou et de fines boucles d'oreilles en or.

De toute évidence, elle faisait entièrement confiance au dénommé « Alex ». Et, à en juger par l'expression de son visage, elle n'était pas de celles qui se laissent facilement abuser par les autres.

— Vous n'êtes pas obligée de vous décider tout de suite, déclara Alex à l'intention de Beth. Je vais vous laisser mon nom et mon numéro de téléphone si jamais vous souhaitez me joindre.

Il fouilla dans la poche de sa veste, en sortit un crayon et un petit bloc sur lequel il griffonna ses coordonnées.

— Je serai à l'hôtel demain, vous pourrez me faire part de votre décision à ce moment-là, précisa-t-il avant de la saluer.

Hors de question d'accepter son offre ! songea Beth après le départ de ce dernier. Il était peut-être bilingue, mais il ne lui inspirait pas confiance.

Pour être honnête, le mystérieux Alex était trop sexy… trop viril. Il paraissait certes parfaitement bien élevé, mais comment oublier l'aura sensuelle qui émanait de sa personne ? Décidément, c'était la dernière personne qu'elle devait fréquenter à Prague. Elle était encore trop fragile pour cela.

*Ressaisis-toi*, s'ordonna-t-elle. N'avait-elle pas affirmé haut et fort qu'elle était à jamais immunisée contre les hommes comme lui ? Ne s'était-elle pas promis qu'elle ne tomberait plus jamais amoureuse après son expérience malheureuse avec Julian Cox ?

Non, elle n'avait pas la moindre envie de se laisser prendre au piège une seconde fois ! Elle ne succomberait pas à la séduction de cet homme qui, tout bien considéré, était trop beau pour être honnête. Toutes les femmes devaient lui courir après… Pourquoi avait-il jeté son dévolu sur quelqu'un comme elle ? Après tout, les touristes ne manquaient pas à Prague en cette saison.

*Tu ne comprends donc pas ?* lui souffla la voix de sa conscience. *Cet homme est venu vers toi pour les mêmes raisons que Julian. Il a tout de suite compris que tu étais une proie facile, plus fragile que les autres. Ne va surtout pas t'imaginer que c'est pour tes beaux yeux.*

Le lendemain matin, Beth était fermement résolue à décliner l'offre d'Alex, mais lorsqu'elle se présenta à la réception dans l'espoir qu'un interprète se serait miraculeusement libéré durant la nuit, elle fut très déçue.

— Je suis désolée, mademoiselle, mais aucun d'entre eux n'est disponible. Il faudra attendre une bonne quinzaine de jours.

Découragée, elle songea un moment à abandonner ses projets pour se contenter de visiter la ville, mais elle y renonça très vite. Etait-elle vraiment prête à rentrer à Rye-sur-Averton et avouer à ses amies qu'elle avait échoué, une fois de plus ? Impossible ! Elle était venue à Prague dans le but d'acheter du cristal, et c'est ce qu'elle ferait.

Quitte à employer Alex Andrews ? Eh bien, oui, elle n'avait plus le choix à présent.

Elle décida de prendre son petit déjeuner seule dans sa chambre. L'hôtel était complet et elle ne se sentait pas le courage de prendre son repas dans la salle à manger. Elle n'avait pas encore assez confiance en elle pour cela. Après avoir goûté sa brioche du bout des lèvres, elle redescendit.

Rien ne lui permettait de croire qu'Alex Andrews reviendrait, songea-t-elle avec angoisse. *Bah, s'il me fait faux bond, je m'adresserai à un étudiant.*

Dans le hall, elle commanda un nouveau café et choisit de s'asseoir un peu à l'écart. Elle ne cherchait pas particulièrement à se cacher, mais ne souhaitait pas non plus attirer l'attention sur elle. Pourquoi était-elle si craintive ? Elle n'avait aucune raison de l'être après tout.

Sa famille l'avait toujours entourée d'affection et de soins, l'encourageant à chaque étape importante de sa vie. Peut-être était-ce là le cœur du problème : ses parents l'avaient trop choyée. D'ailleurs, Kelly n'avait pas hésité à lui en faire la remarque.

Perdue dans ses pensées, elle sursauta en entendant une voix grave, déjà familière.

— Le serveur était incapable de se souvenir de votre commande, alors je vous ai pris un cappuccino.

Alex ! Il était venu ! Manifestement, il n'avait pas eu de difficulté à la trouver dans ce sombre recoin. Et comment savait-il qu'elle avait commandé un café ? Lorsqu'il déposa le plateau qu'il avait dans les mains sur la table basse, elle devina sans peine ce qu'il avait fait. Il y avait deux tasses et deux croissants que ce sans-gêne avait sans doute mis sur la note de sa chambre !

— Pas de chance, je préfère le café noir, s'entendit-elle répondre sèchement.

— Ah bon ? affecta-t-il de s'étonner en lui décochant un clin d'œil. Curieux… j'aurais juré que vous préféreriez un cappuccino. Je vous imagine si bien avec une moustache blanche…

Beth lui décocha un regard furieux. Ce genre de familiarités n'était pas du tout de son goût !

— Très flatteur, vraiment ! Ce sont les hommes qui ont des moustaches.

Consciente d'avoir manqué d'esprit, elle se mit à rougir.

— Je ne parlais pas de ce type de moustaches, dit-il en éclatant de rire.

Puis il s'installa à ses côtés.

— Je pensais plutôt à celles que l'on efface d'un baiser.

Ça alors ! Voilà que ce type se permettait de flirter avec elle ! Inutile de lui signifier qu'elle n'avait guère besoin de ses services, il ne méritait même pas qu'on lui adresse la parole.

Mais alors qu'elle s'apprêtait à se lever, elle aperçut du coin de l'œil la vitrine du magasin de l'hôtel. Elle en eut le souffle coupé : les vases en cristal étaient magnifiques !

La lumière diffuse du hall semblait se refléter sur chacune de leurs courbes.

A l'intérieur de la boutique, la vendeuse était juchée sur un escabeau pour accrocher un lustre en cristal au plafond — un chef-d'œuvre, il n'y avait pas d'autre mot pour décrire une telle merveille.

Si Beth souhaitait dénicher des objets si beaux, elle devrait sans doute consentir à quelques sacrifices.

— Que se passe-t-il ? s'enquit Alex à ses côtés.

— Ce lustre…, répondit-elle d'une voix lointaine.

— Il est très beau en effet, et horriblement cher, j'en ai bien peur. Avez-vous l'intention de l'acheter pour faire un cadeau ou… pour vous-même ?

— Non, ce serait pour mon magasin.

— Vous avez un magasin ? s'exclama-t-il, visiblement intéressé. Où ça ?

— Dans une petite ville dont vous ne devez pas connaître le nom… Rye-sur-Averton. Je vends… nous vendons de la porcelaine, quelques céramiques et de la verrerie. C'est ce qui m'amène à Prague : je cherche de nouveaux fournisseurs, pas trop chers et de bonne qualité.

— Eh bien, vous avez bien fait de venir. Les plus belles cristalleries se trouvent à Prague. Mais buvez votre café, il est en train de refroidir.

Sans trop savoir pourquoi, Beth se rassit de nouveau.

— Il est temps que je me présente correctement. Alex Andrews, comme vous devez le savoir, déclara-t-il en lui tendant la main.

Beth la serra avec réticence. Elle ignorait pourquoi, mais elle trouvait préférable d'éviter tout contact physique avec cet homme. Elle devait être folle ! Une autre femme ne se serait certainement pas fait prier.

— Beth Russel, annonça-t-elle froidement.

— Je sais, j'ai déjà demandé votre nom à la réception. Beth est le diminutif de… ?

— Bethany.

— Bethany… Un joli prénom qui vous va très bien.

Ma grand-mère était surnommée Beth également. En fait, elle s'appelait Alžbeta, mais elle a anglicisé son nom en émigrant. Elle est morte cinq ans plus tard, d'une crise cardiaque. D'après mon grand-père, elle n'avait jamais supporté de quitter son pays et sa famille. Quand mes parents sont retournés à Prague, ma mère a été très émue d'entendre sa famille lui parler de sa mère. Elle n'avait que huit ans à sa mort.

Malgré elle, Beth poussa un soupir de compassion.

— Je sais… je sais, reprit Alex à qui sa tristesse n'avait manifestement pas échappé. Ma mère est passée à côté de beaucoup de choses. Si l'histoire en avait décidé autrement, elle aurait grandi ici, à Prague, au milieu d'une grande famille unie. Mais ses parents n'avaient pas le choix. Comme mon grand-père le disait souvent, ils auraient pu être assassinés à cause de leurs idées politiques. Le reste de ma famille a connu des moments difficiles également. Le frère aîné de mon grand-père aurait dû hériter d'un titre et d'une terre de son père, mais le régime lui a tout confisqué.

— C'est injuste, murmura Beth.

— Aujourd'hui, bien sûr, le château lui a été rendu. Je vous y emmènerai si vous le souhaitez. Il est magnifique… mais pas autant que vous.

Beth ne sut que répondre. Alex Andrews était peut-être anglais, mais du sang tchèque coulait incontestablement dans ses veines. Elle s'était renseignée avant son départ : les Tchèques aimaient à se dépeindre comme des êtres sensibles, des artistes un brin idéalistes et romantiques.

Et Alex était follement romantique. Il avait manifestement plaisir à enjoliver la réalité. « Il est magnifique… mais pas autant que vous. » Quel cinéma ! S'il croyait l'attendrir avec de telles flatteries, il se trompait lourdement. Ses belles paroles l'avaient irritée au plus haut point. Pourquoi se comportait-il ainsi ?

Elle était sur le point de lui poser la question quand son regard fut de nouveau attiré par le lustre. Alex avait raison : dans ce type de magasin destiné essentiellement aux touristes, ce bel objet devait coûter deux fois plus cher qu'ailleurs. Il serait donc nécessaire de chercher des cristalleries ne pratiquant pas ces prix prohibitifs, quitte à explorer les alentours de la ville. Et cela, elle ne pouvait pas le faire sans l'aide d'un interprète.

Ayant pris sa décision, elle se tourna vers Alex.

— Je connais exactement les tarifs auxquels sont rémunérés les interprètes, déclara-t-elle sur un ton menaçant. Et j'espère que vous êtes prêt à faire de la route. De toute façon, j'ai bien l'intention de demander au gérant de l'hôtel si vous êtes digne de confiance.

Le sourire qu'il lui adressa la cloua sur place. Profondément troublée, elle détourna le regard et sursauta lorsqu'il lui prit la main.

— Que faites-vous ? demanda-t-elle d'une voix étranglée.

— Je scelle notre accord d'un baiser, répondit-il en penchant ses lèvres sur ses doigts.

Mais avant de les toucher, il s'arrêta, la regarda par en dessous et demanda :

— A moins que vous n'ayez des remords, bien sûr...

Incapable de répondre, Beth espéra ardemment qu'il ne l'embrasserait pas. Hélas, au même instant, elle sentit la caresse subreptice de sa bouche sur sa main.

Trop choquée pour bouger, elle balbutia :

— Vous... vous m'avez baisé la main, mais enfin je...

— J'en ai eu envie au moment où je vous ai vue pour la première fois hier, murmura-t-il d'une voix imperceptiblement rauque.

Elle le dévisagea avec stupeur. Son cœur battait à tout rompre dans sa poitrine et elle ne savait plus que penser.

Si elle avait eu un peu de bon sens, elle aurait sèchement décliné son offre avant de remonter dans sa chambre, drapée dans sa dignité. Comment pouvait-elle encore l'employer comme interprète après ce qu'il venait de se permettre ?

Malheureusement, un seul regard de l'impudent Alex

avait suffi à anéantir toutes ses défenses. Désormais, elle n'avait plus la force de refuser.

— Il nous faudra louer une voiture, déclara-t-il comme si de rien n'était. Je vais m'en charger.

# 3.

Beth soupira en replaçant un vase sur l'étagère du magasin de l'hôtel. Elle venait d'en demander le prix à la vendeuse et, comme prévu, l'objet était extrêmement cher.

— Cet ouvrage, ainsi que le lustre suspendu au plafond, a été fabriqué dans l'une des cristalleries les plus célèbres de Prague, expliqua la jeune fille. Il appartient à l'héritière de l'usine, une amie du directeur de l'hôtel. C'est pour cette raison qu'elle a bien voulu que ces objets soient exposés dans notre vitrine. En temps normal, elle n'aurait jamais accepté. Vous comprenez, cette cristallerie appartient à sa famille depuis plusieurs générations. Les artisans travaillent exclusivement sur commande. Si vous êtes intéressée, vous devez d'abord visiter la cristallerie et discuter avec les gérants.

— Ce lustre est une vraie splendeur, commenta Beth sur un ton rêveur.

Malgré cela, elle dut se résoudre à quitter la boutique les mains vides. Philosophe, elle se consola à l'idée qu'elle devait visiter une cristallerie dans l'après-midi en compagnie d'Alex.

Ce dernier était parti louer une voiture. Comme il ne serait vraisemblablement pas de retour avant une heure, Beth décida de se promener en ville. Elle marcha seule le long du fleuve, perdue dans ses pensées. En dépit de tous ses efforts, elle ne parvenait pas à se débarrasser de son appréhension. Avait-elle commis une imprudence en faisant appel aux services de cet homme ? L'avenir seul le lui dirait… Pour se rassurer, elle se rappela qu'Alex était son employé. *Mon employé, un point c'est tout*, se dit-elle silencieusement. Malgré cela, mieux valait rester sur ses gardes avec lui. Comme Julian Cox, Alex était peut-être un séducteur professionnel.

Lorsqu'elle rentra de sa promenade, elle avait eu le temps de se convaincre qu'elle était totalement protégée contre son charme. Constatant qu'Alex n'était pas encore arrivé à l'hôtel, elle en profita pour déjeuner. Ainsi, elle était sûre de ne pas avoir à partager son repas avec lui. Elle connaissait bien les individus dans son genre : il était capable de s'arranger pour qu'elle l'invite dans un bon restaurant !

En sortant de la salle à manger après avoir laissé la moitié du contenu de son assiette, elle tomba nez à nez avec Alex. Le sourire chaleureux qu'il lui adressa aurait fait tourner la tête de la femme la plus digne, mais Beth resta stoïque. Néanmoins, les regards envieux que l'on jetait dans sa direction ne lui échappèrent pas.

— Vous ne m'avez toujours pas parlé de votre programme, fit remarquer Alex. Que diriez-vous de déjeuner ensemble pour faire le point ? Je connais un excellent restaurant traditionnel non loin d'ici, je suis sûr qu'il vous plaira.

Un repas aux frais de la princesse ? Elle l'avait parié !

— J'ai déjà déjeuné, merci, répondit-elle sèchement en sortant une liste de sa poche.

— J'imagine que ce sont les usines que vous comptez visiter, enchaîna-t-il sans se laisser décontenancer.

— En effet.

— Laissez-moi jeter un coup d'œil.

Non sans réticence, elle lui tendit les feuillets.

— Mmm… je vois. Toutes fabriquent du cristal d'assez bonne qualité, mais je doute que ce soit ce que vous cherchez.

A ce moment-là, une sonnette d'alarme retentit dans la tête de Beth. Avant son départ, une amie l'avait mise en garde contre les racoleurs employés par les cristalleries pour vendre de la marchandise de mauvaise qualité aux touristes.

— Les grandes maisons n'entacheraient jamais leur réputation en recourant à de tels procédés, mais les escrocs existent, comme partout d'ailleurs. Il suffit d'être vigilante, c'est tout.

Une recommandation que Beth s'était promis de ne pas oublier.

— Je vous arrête tout de suite, Alex, lança-t-elle brusquement. Je n'ai pas besoin de vos conseils. Vous êtes payé pour me servir d'interprète et de chauffeur. Votre travail s'arrête là.

Il lui adressa un regard amusé qui manqua la faire sortir de ses gonds.

— Revenons-en au programme de la journée, voulez-vous ? poursuivit-elle en tâchant de garder la tête froide. En vous attendant, j'ai consulté une carte de la région. Comme il est déjà midi, je suggère que nous visitions la cristallerie la plus proche, qui se trouve ici.

Elle pointa du doigt sur la carte. En se penchant pour lire, Alex se rembrunit.

— Franchement, je vous déconseille de faire le déplacement. L'usine peut paraître proche à vol d'oiseau, mais la route est extrêmement sinueuse. De plus, elle a été à moitié inondée par un orage il y a quelques jours. Je suis sûr que certains tronçons sont quasiment impraticables. Et puis, vous serez certainement déçue par ce qu'ils ont à proposer.

Beth n'en crut pas ses oreilles. En acceptant d'embaucher Alex, elle s'était certes attendue à des problèmes, mais elle n'avait pas imaginé qu'il oserait contester ses décisions. Quelques heures plus tôt, il s'était montré sous son meilleur jour, flatteur, galant et un rien enjôleur, mais elle découvrait son vrai visage à présent : celui d'un dominateur imbu de sa condition de « mâle ».

— J'ignorais que vous étiez un spécialiste en la matière ! railla-t-elle.

— Je suis tchèque, c'est dans mon sang, répondit-il le plus naturellement du monde.

— Rien que ça ! Eh bien, écoutez bien ceci : je ne suis peut-être pas tchèque, mais je suis mieux placée que vous pour savoir ce qui convient à *mon* magasin.

— C'est une manière de voir les choses. Je cherchais seulement à vous faire gagner du temps. Voyez-vous, il y a un grand nombre de cristalleries dans la région, destinées à satisfaire tous les goûts et toutes les bourses.

— Et alors ?

— Eh bien, selon moi, il est plus judicieux d'éliminer d'office celles qui ne correspondent pas à ce que vous cherchez. Et il se trouve que l'usine dont vous parlez fait partie de cette catégorie.

— Comment pouvez-vous en être aussi sûr, monsieur je-sais-tout ? s'écria-t-elle, franchement agressive cette fois. J'ai donné des instructions très précises à la chambre de commerce qui m'a fourni cette liste avant mon départ.

— Pas assez précises peut-être, répliqua-t-il sans paraître s'émouvoir de son mouvement d'humeur. La moitié des cristalleries couchées sur cette liste ne produisent que des verres d'usage quotidien. Vous n'y trouverez aucune perle rare, croyez-moi.

— Ecoutez-moi bien : vous débarquez comme une fleur à l'hôtel pour me proposer d'être mon interprète et lorsque je vous explique le but de mon voyage, vous vous proclamez le spécialiste du cristal à Prague. Etrange coïncidence, non ?

— Ça vous surprend ? Moi pas. Le cristal est l'un des premiers produits nationaux destinés à l'exportation. Tous les guides de la ville sont plutôt calés sur le sujet.

— Mais pas autant que vous, c'est ça ? dit-elle en ricanant.

— Exactement. Cela dit, comme vous n'avez manifestement pas envie de tenir compte de mon conseil, nous ferions mieux de nous mettre en route tout de suite.


Plus tard, dans la voiture, Beth reconnut intérieurement que la route se trouvait en piètre état. Evidemment, elle se garda bien de formuler cette observation à voix haute. Elle ne ferait pas ce plaisir à Alex !

Malgré tout, elle se sentait mal à l'aise. Si un autre guide lui avait conseillé de ne pas s'obstiner, elle l'aurait certainement écouté. Mais l'homme qui l'accompagnait n'était pas n'importe quel guide, et cela changeait tout.

Discrètement, elle jeta un coup d'œil de son côté. Vêtu d'un jean délavé et d'un polo blanc, il dégageait une aura de séduction difficile à ignorer.

De toute évidence, elle l'avait blessé en refusant d'écouter ses conseils. Il était resté très poli bien sûr, prenant soin de lui raconter l'histoire de chaque paysage qu'ils traversaient, mais il avait gardé une distance toute professionnelle.

Pourquoi s'en plaindrait-elle ? C'était bien ce qu'elle souhaitait, n'est-ce pas ? Elle n'était pas de ces femmes qui cherchent d'emblée à créer une complicité empreinte de sous-entendus avec les hommes.

Lorsqu'ils arrivèrent en vue de la cristallerie, Beth se mit à espérer que la visite ne lui ferait pas regretter sa décision. Si les prédictions d'Alex s'avéraient exactes, elle perdrait la face.

L'endroit ne manquait pas de charme, songea-t-elle, décidée à faire preuve d'optimisme.

— On dirait une forteresse ! s'exclama-t-elle en balayant du regard le bâtiment ancien.

— Jusqu'à une époque récente, cela faisait office de prison, répondit Alex en esquissant une moue.

Une prison ! Frissonnant malgré elle, Beth fit quelques pas en arrière sans s'apercevoir qu'un camion venait d'entrer dans la cour juste derrière elle. Elle entendit le crissement des freins, mais, étrangement, ne parvint pas à bouger.

Du coin de l'œil, elle aperçut Alex se ruer dans sa direction à la vitesse de l'éclair. En l'espace d'une fraction de seconde, il la souleva dans ses bras pour la dégager du passage.

Prenant conscience de ce à quoi elle venait d'échapper, elle se mit à trembler comme une feuille.

— Là… tout va bien, c'est fini, dit-il. Vous êtes sauve. Sauve !

Beth releva la tête pour le regarder. En croisant son regard, elle oublia instantanément la formule de politesse qu'elle avait préparée pour le remercier.

Comment des yeux gris pâle pouvaient-ils se teinter de nuances si chaudes ?

— Alex…, murmura-t-elle.

Incendiée par l'intensité de ce regard qui se promenait à présent sur sa bouche, elle sentit les battements de son cœur s'accélérer. Instinctivement, elle entrouvrit les lèvres, en signe d'invitation.

*Je rêve, ce n'est pas possible*, songea-t-elle en fermant les yeux. Que faisait-elle au beau milieu de la cour de ce château délabré avec un homme qui s'apprêtait à l'embrasser ? Pourquoi ne réagissait-elle pas ? Impuissante, elle vit Alex se pencher sur elle. Un rayon de soleil jouait dans ses cheveux. L'instant suivant, elle sentit la douceur et la fermeté de ses lèvres contre les siennes.

Pour être parfaitement honnête, les baisers mouillés de Julian ne lui avaient jamais vraiment plu et, la plupart du temps, elle avait tout fait pour les éviter.

Cette légère répulsion ne l'avait pas inquiétée outre mesure. Certaines femmes étaient moins sensuelles que d'autres, et elle avait sincèrement cru en faire partie. Mais au moment où Alex commença à l'embrasser, cette certitude s'effondra. Ses lèvres étaient si douces, si délicates qu'elle crut fondre de plaisir.

Par quel enchantement était-il parvenu à éveiller ses sens, alors qu'encore quelques minutes auparavant, elle croyait le détester ?

— Croyez-vous au coup de foudre ? susurra-t-il contre ses lèvres

— Oui…, s'entendit-elle répondre.

Longtemps elle avait cru pouvoir reconnaître l'homme de sa vie au premier regard, imaginant l'amour comme une certitude fulgurante qui l'embraserait tout entière en l'espace d'un instant.

Bien sûr, il ne s'agissait que de fantasmes d'adolescente attardée. Sa mésaventure avec Julian lui avait ouvert les yeux : le coup de foudre n'était qu'une chimère, un leurre.

— Oui ? reprit Alex en dardant sur elle un regard d'une insoutenable intensité.

Beth sursauta. Seigneur, qu'avait-elle dit ? Il fallait reprendre le contrôle de la situation, et vite !

— Non, dit-elle en s'écartant de lui. Je ne crois pas au coup de foudre. Il n'existe pas.

— Je ne suis pas d'accord. Le coup de foudre est incompréhensible d'un point de vue logique, mais il existe bel et bien. Demandez aux poètes.

— Oh, les poètes ! coupa-t-elle, excédée.

Mais, disant cela, elle n'osa pas regarder son compagnon dans les yeux.

— Non ! s'écria-t-elle soudain en montrant un petit muret sur le côté.

Un chat s'apprêtait à bondir sur un petit oiseau qui picorait avec insouciance à deux mètres de lui.

Aussitôt, Alex avança vers le muret en tapant dans ses mains pour avertir l'imprudent moineau qui s'envola. Soulagée, Beth le remercia chaleureusement.

— Merci beaucoup. Je suis heureuse que vous n'ayez pas chassé le chat d'un revers de main, comme beaucoup l'auraient fait. On ne peut pas en vouloir à ce pauvre animal ; c'est dans sa nature de chasser.

Alex lui adressa un sourire radieux, mais ne répondit rien. Ce n'était pas la peine, ses yeux avaient parlé pour lui. « Vous êtes plus tendre que vous ne voulez bien l'admettre », lut Beth dans son regard. Un frisson glacé la parcourut. Quelle image d'elle-même venait-elle de donner ? Celle d'une femme-enfant fragile et vulnérable. Celle d'un être faible, s'identifiant spontanément à un petit moineau sans défense.

Elle devait à tout prix reprendre le contrôle de la situation si elle ne voulait pas qu'Alex profite de sa faiblesse.

Il avait souri. Sans doute imaginait-il déjà triompher d'elle. Combien de fois avait-il profité du manque d'expérience de jeunes touristes comme elle ?

— Vous avez froid ? s'enquit-il en ôtant sa veste. Prenez ceci.

Sans lui laisser le temps de protester, il déposa le vêtement sur ses épaules. Elle voulut refuser. Son blazer était discrètement imprégné de son eau de toilette : un parfum frais et subtilement sensuel. En portant ce vêtement, elle avait la désagréable impression de partager une intimité coupable avec lui.

— Non merci, répondit-elle sèchement en lui rendant son bien. Je n'ai plus froid à présent. Et si nous commencions la visite ?

Prenant l'air affairé, elle fouilla dans son sac pour en extirper un petit calepin. D'après le dépliant que la chambre du commerce lui avait remis, cette cristallerie était l'une des moins chères du marché. Avec un peu de chance, elle y trouverait son bonheur : des verres en cristal élégants et originaux, et divers objets de décoration. Une collection d'animaux, quelques cendriers et deux ou trois horloges seraient du plus bel effet dans sa vitrine. Mais elle espérait aussi trouver des objets plus insolites.

Le marché de Noël de Rye-sur-Averton attirait chaque année beaucoup de curieux, et les magasins de la ville rivalisaient d'inventivité pour les intéresser. Par conséquent, elle souhaitait acquérir des articles un peu plus festifs : des boules de Noël en cristal et autres petits angelots à suspendre au sapin, sans oublier, bien sûr, les incontournables chandeliers.

A l'intérieur de la cristallerie, une cruelle déception l'attendait.

Le directeur les accueillit chaleureusement et leur montra quelques exemplaires des articles qu'il fabriquait. Beth comprit aussitôt qu'elle avait perdu son temps. Alex avait eu raison de lui déconseiller cette visite. Pourquoi ne l'avait-elle pas écouté ?

Les verres étaient de bonne qualité, mais ne correspondaient pas du tout à ses attentes. Ces objets, visiblement destinés à un marché de masse, n'étaient pas assez raffinés pour qu'elle les propose à sa clientèle huppée.

Le cœur serré, Beth se demanda comment décliner l'offre

du directeur qui se proposait déjà de lui faire visiter l'usine. Mais sans lui laisser le temps de parler, Alex se tourna vers l'homme et lui adressa quelques mots en tchèque.

— Que lui avez-vous dit ? s'enquit-elle sèchement.

— Je lui ai expliqué que vous aviez beaucoup de cristalleries à visiter et que vous ne pouviez accepter son offre, si aimable fût-elle.

Beth aurait dû lui être reconnaissante de l'avoir tirée de ce mauvais pas, mais, étrangement, elle ne ressentait que de la colère. De retour vers la voiture, elle marcha délibérément quelques mètres devant lui.

— Quelque chose ne va pas ? demanda-t-il en pressant le pas pour la rejoindre

— C'est le moins qu'on puisse dire ! A l'avenir, je vous saurai gré de me laisser prendre seule mes décisions.

Arrivée devant la voiture, elle essaya d'ouvrir la portière. Mais la terre entière semblait s'être liguée contre elle ce jour-là et la poignée lui résista.

Imperturbable, Alex se pencha pour ouvrir à sa place.

— Dites-moi que je rêve ! s'exclama-t-elle scandalisée. Vous voulez bien arrêter de me traiter comme si j'étais incapable de faire quoi que ce soit par moi-même ?

— Je suis navré de vous avoir blessée, répondit-il du tac au tac, mais j'ai été élevé dans l'idée que les bonnes manières et la galanterie n'étaient pas de vains mots.

— Tiens donc, railla-t-elle. J'aurais plutôt cru que votre mère était une femme au foyer et qu'elle obéissait au doigt et à l'œil à votre père.

Beth regretta aussitôt d'avoir prononcé des paroles aussi désobligeantes. Ses opinions tranchées sur le machisme ne lui donnaient pas le droit de critiquer la famille d'Alex.

Mais loin de s'offusquer de ses propos, son compagnon fut pris d'un fou rire. La colère de Beth s'accrut.

— Je ne vois pas ce qui vous amuse, lâcha-t-elle, dépitée.

— Pardonnez-moi, je ne devrais pas… mais si vous connaissiez ma mère, je veux dire, *quand* vous connaîtrez ma mère, vous comprendrez vite pourquoi je ris.

Il appuya sa remarque d'un regard empreint de sous-entendus.

— Ma mère est médecin, poursuivit-il, cardiologue pour être plus précis. Elle a travaillé durant toute mon enfance et exerce encore aujourd'hui. Ce n'est pas à elle que vous apprendrez que les femmes sont les égales des hommes. Malgré cela, elle m'a donné une éducation que l'on pourrait juger traditionnelle au premier abord.

— Ce que vous dites est contradictoire !

— Pas tant que cela si l'on y réfléchit bien. La galanterie n'est pas une manière d'infantiliser la femme, mais de lui témoigner du respect.

— Je n'ai rien contre la galanterie, cependant je tiens à mon autonomie.

— Et vous avez raison ! Seulement, l'indépendance ne signifie pas que l'on doit rester indifférent aux autres. En étant galant, un homme montre à une femme qu'il est attentif à ce qu'elle est. Et puis, c'est plus romantique, non ?

— Je ne vous demande pas d'être romantique avec moi !

— Très bien, toutefois vous ne m'empêcherez pas d'être « poli », si ce mot vous plaît davantage. La galanterie et la politesse sont des qualités essentielles dans ma famille. Je vous ai parlé de ma mère, mais c'est avant tout mon grand-père qui m'a inculqué ces valeurs fondamentales.

Beth se sentit rougir de honte. Ses propres parents et grands-parents lui avaient inculqué les mêmes principes. Pourquoi donc était-elle montée sur ses grands chevaux ? La politesse n'était pas un crime, tout de même !

— Quoi qu'il en soit, je suis confus de vous avoir blessée, conclut Alex. Ce n'était vraiment pas mon intention.

Il marqua une pause et reprit doucement :

— Vous a-t-on déjà dit que vous aviez une bouche terriblement sensuelle ? Surtout quand vous essayez de ne pas sourire.

Outrée, elle lui décocha un regard assassin.

— Vous avez fini de me faire du plat ?

— Quelle vilaine expression ! Je lui préfère « séduire » ou

« faire la cour », dans un registre plus désuet. Enfin, si vous y tenez, je veux bien l'avouer : oui, je vous « fais du plat » !

— Je vous l'interdis ! Et cessez d'adopter ce ton cabotin ! s'écria-t-elle au comble de l'exaspération.

— Ne faites pas semblant d'être aveugle, Beth, dit-il alors d'une voix douce. Vous savez très bien que quelque chose se passe entre nous. J'ai bien senti que mon baiser ne vous laissait pas indifférente.

— Vous avez profité de la situation, c'est tout.

— Si c'est ce que vous voulez croire... Pourtant, il m'avait semblé lire une invitation dans votre regard.

Mortifiée, Beth s'engouffra dans la voiture en silence. Elle pouvait au moins reconnaître une qualité à Alex : sa ténacité. Personnellement, elle ne voyait vraiment pas pourquoi il continuait. Elle lui avait pourtant clairement fait comprendre qu'elle n'était pas dupe et qu'il ferait mieux de jeter son dévolu sur une touriste plus crédule.

Il était tentant de lui expliquer pourquoi elle était si peu sensible à la flatterie, mais elle n'avait pas l'intention de le laisser s'immiscer à ce point dans sa vie.

# 4.

— Vous avez des projets pour ce soir ? demanda-t-il à leur retour à l'hôtel.

Beth se raidit. Le voyage et sa déconvenue à la cristallerie l'ayant épuisée, elle rêvait de prendre un bain chaud et de se coucher de bonne heure. Seule, bien entendu.

— Eh bien, oui, de la paperasserie m'attend, s'empressa-t-elle de répondre.

Ce n'était pas entièrement faux. Tout dépendait du sens que l'on donnait au mot « paperasserie ». En ce qui la concernait, elle comptait écrire des cartes postales et consulter quelques dépliants touristiques. Rien de très excitant, en vérité.

— Je vous aurais volontiers invitée à dîner, mais j'ai déjà promis à des membres de ma famille de les accompagner à l'opéra.

— J'espère que vous passerez une bonne soirée, déclara-t-elle avec une politesse affectée.

Elle aurait dû se sentir soulagée d'avoir échappé à un repas en tête à tête avec Alex, mais contre toute attente, elle se sentait un peu abandonnée. La perspective d'une longue soirée en solitaire lui paraissait soudain sinistre.

— Elle aurait pu être bien meilleure, rétorqua-t-il en avançant d'un pas.

Terrifiée à l'idée qu'il essaie de l'embrasser une nouvelle fois, Beth esquissa un mouvement de recul. Une lueur d'amusement brilla alors dans les yeux d'Alex.

— Ne vous inquiétez pas, lança-t-il avec un clin d'œil. Il y a beaucoup trop de monde ici pour ce que j'avais en tête.

Les portes de l'ascenseur s'ouvrirent à ce moment-là sur une demi-douzaine de touristes.

— Mais si nous avions été là-dedans, reprit Alex en désignant l'appareil, j'aurais eu plus de mal à rester sage.

— Comment… ? s'étrangla Beth.

— Parfois l'envie de faire l'amour est si forte que l'on n'a plus la force d'attendre. Qu'y a-t-il de plus érotique qu'une étreinte passionnée dans un ascenseur, pour laquelle on prend même le risque d'être surpris ?

Rouge d'embarras, incapable d'ignorer le trouble que les paroles d'Alex avaient fait naître en elle, Beth détourna le regard.

— Chacun son truc…, marmonna-t-elle au bout de quelques secondes. Pour ma part, je n'ai jamais ressenti de tels besoins.

Pour la seconde fois de la journée, Alex partit d'un grand éclat de rire.

— Navré, mais je ne vous crois pas, eut-il l'audace de répliquer. Je suis sûr que vous êtes une femme très sensuelle dans l'intimité. Votre froideur n'est qu'apparente. Ne me faites pas croire que vous êtes une tiède, Beth, je ne marche pas. La distance par laquelle vous vous protégez ne vous rend que plus désirable.

Que répondre à cela ? se demanda Beth qui pour la première fois de sa vie se sentait percée à jour. Comment cet homme, un parfait inconnu, avait-il pu la démasquer ?

— Rendez-vous à quelle heure ? s'enquit-il à mi-voix.

— A quelle heure ? Que voulez-vous dire ?

— Il me semble qu'une journée de travail nous attend demain.

— Euh…, oui.

— Après le petit déjeuner, vers 9 heures ?

— Parfait.

L'espace d'un instant, Beth s'était demandé s'il ne lui

proposait pas un rendez-vous d'une tout autre nature. Et visiblement, sa confusion n'avait pas échappé à Alex.

Après le départ de ce dernier, elle monta dans sa chambre avec la ferme intention d'y passer la soirée. Mais après avoir pris son bain et s'être fait livrer un léger repas, elle ressentit un regain d'énergie.

De la fenêtre de sa chambre, elle jouissait d'une vue magnifique sur le fleuve. Rêveuse, elle admira l'étonnante palette de couleurs du ciel. L'azur de l'après-midi avait pâli, laissant place à un dégradé de bleu clair, de doré et de rose. Accoudée à la balustrade, elle baissa les yeux sur la place. Les terrasses de café commençaient à se remplir, et les touristes allaient et venaient, l'air reposé et heureux.

Elle aussi était là pour s'amuser, se rappela-t-elle. Rien ne lui interdisait de profiter de la beauté de Prague en cette heure si douce de la soirée. Sans se laisser le temps de changer d'avis, elle revêtit un pantalon en lin écru et un petit haut de coton assorti.

Quelques minutes plus tard, elle sortait de l'hôtel.

Le guide de la ville qu'elle avait acheté la veille de son départ comportait une carte très détaillée des rues, places et monuments de Prague. Armée de ce livre, elle ne risquait pas de se perdre. Après avoir feuilleté quelques pages, elle décida que la place Wenceslas serait le but de sa promenade. A en croire les commentaires des rédacteurs, c'était la plus belle de la ville.

En chemin, elle fut frappée par le nombre d'échoppes qui vendaient du cristal et de la porcelaine. Devant chacune d'elles, elle s'arrêta pour examiner la vitrine. Tous les objets exposés étaient d'excellente qualité, mais, à sa grande déception, l'ensemble ne soutenait pas la comparaison avec les merveilles qu'elle avait pu admirer à l'hôtel.

Elle passait une dernière fois en revue le contenu d'une vitrine quand elle fut abordée par un très jeune homme. Dans un anglais très laborieux, il lui proposa de lui servir de guide.

— Non, merci, je ne suis pas intéressée, dit-elle froidement.

Heureusement, l'adolescent n'insista pas davantage. Beth était soulagée, mais se sentait un peu mal à l'aise à l'idée d'être une proie si visible.

La place Wenceslas n'était plus qu'à quelques mètres. Lorsqu'elle y arriva enfin, la beauté des lieux lui coupa le souffle. A croire qu'elle avait accompli un voyage dans le temps pour se retrouver en plein Moyen Age…

Ici, au milieu des marchands ambulants et de leurs marchandises bigarrées, un jongleur amusait quelques touristes ébahis ; là, un cracheur de feu effrayait un groupe d'enfants. Des acrobates paradaient sur des échasses, d'autres enchaînaient les roues au sol. Quelques diseuses de bonne aventure profitaient de la crédulité des passants. Le tout au son d'un orchestre classique et dans une atmosphère bon enfant. Amusée par ce spectacle pittoresque, Beth s'arrêta quelques instants.

Mais bien vite, elle s'intéressa de près aux étals des marchands. Pour la forme, elle jeta un coup d'œil à un stand de bijoux artisanaux, puis s'approcha de verres en cristal.

Au bout de quelques minutes, elle dut se rendre à l'évidence : elle ne trouverait pas son bonheur ici non plus.

— Puis-je vous aider ? s'enquit aimablement une marchande. Vous cherchez quelque chose en particulier ? Un cadeau peut-être ?

— Non, non, répondit Beth en souriant. En fait, je suis là pour affaires, je tiens un magasin en Angleterre et…

Beth s'arrêta, se demandant pourquoi elle se confiait de la sorte à cette femme au regard si curieux.

— Vraiment ? l'encouragea cette dernière avec un grand sourire.

— Oui, je cherche de beaux objets en cristal : verres, carafes et autres. Dans l'hôtel où je suis descendue, j'en ai vu de magnifiques, d'inspiration vénitienne et baroque.

— Oh, oui, je vois exactement ce dont vous voulez parler, répondit la marchande d'un air entendu. Nous ne vendons pas ce type d'article sur les marchés de plein air, mais je sais où en trouver. Je serais heureuse de vous aider, si vous le souhaitez. Voilà ce que je vous propose : donnons-nous rendez-vous ici demain à la même heure. J'aurai quelques exemplaires à vous montrer. Qu'en dites-vous, ma belle ?

Beth la dévisagea avec stupeur, osant à peine croire à sa chance.

— Je voudrais être sûre que nous parlons de la même chose, dit-elle avec méfiance. Parce que jusqu'à présent, tout ce que j'ai vu ne correspondait pas du tout à ce que je recherchais.

— Je m'en doute, coupa la femme en extirpant un gros livre d'un carton. Si vous voulez bien regarder ces photographies, mademoiselle.

Beth feuilleta l'ouvrage de bonne grâce. A mesure qu'elle tournait les pages, son excitation grandissait. C'était exactement ce qu'elle recherchait : des verres en cristal généreux dans leur volume et ciselés dans les détails, et des couleurs aussi riches que celles de la palette d'un peintre de la Renaissance.

— Oui, c'est ce que je cherche ! s'exclama-t-elle en riant avant de se rembrunir. Seulement, ces verres-là sont des modèles originaux, c'est ce qui explique leur perfection.

— En effet, convint la marchande. Mais je connais une cristallerie capable de les reproduire fidèlement — sur commande uniquement.

Beth fronça les sourcils.

— Pour un prix exorbitant, je suppose ?

— Il faut voir…, répondit suavement la femme. Tout dépend de l'importance de la commande, voyez-vous.

Une demi-heure plus tard, sur le chemin du retour, Beth songea qu'elle n'avait rien à perdre à retrouver cette femme le lendemain soir. Après tout, elle ne s'était engagée à rien. Elle allait simplement regarder la marchandise et s'en faire une idée.

Absorbée par ses pensées, elle ne s'était pas sentie dévier de son itinéraire. La ruelle alambiquée qu'elle venait d'emprunter ne lui rappelait rien. Mais après tout, n'était-ce pas tout le plaisir du voyage : se perdre dans une ville inconnue ?

La petite rue serpentait jusqu'à une place typiquement baroque, bordée d'arbres en fleurs. Un théâtre attira aussitôt son attention. Elle s'approcha pour en étudier l'architecture puis alla s'asseoir sur un banc pour se repérer sur son guide touristique.

Quelques minutes plus tard, un brouhaha joyeux lui fit relever la tête. Les portes du théâtre s'étaient ouvertes et les spectateurs commençaient à sortir par groupes de trois ou quatre. La plupart étaient extrêmement élégants.

Beth regardait distraitement dans leur direction, quand son cœur fit un bond dans sa poitrine. Là, au milieu de cet attroupement, elle venait de reconnaître Alex. Plus grand que la plupart des hommes présents et vêtu d'un smoking noir, il dégageait un étonnant mélange de sophistication et de sensualité.

Il n'était pas seul. La femme d'une cinquantaine d'années, que Beth avait vue à l'hôtel le premier jour, se tenait à ses côtés. D'un geste protecteur, il passa le bras sur l'épaule de la belle quinquagénaire qui se rapprocha de lui en souriant. Tous deux échangèrent alors un regard empreint de tendresse et de complicité. Il y avait tant d'amour dans le regard de la femme que Beth sentit un flot de colère et de mépris l'envahir. Alex n'avait décidément rien à envier à Julian Cox ! Et dire que, plus tôt dans la journée, ce monstre y était allé de son petit couplet sur le coup de foudre, la galanterie et le romantisme ! Une telle bassesse dépassait l'entendement !

De toute évidence, l'élégante victime d'Alex était persuadée que les sentiments qu'elle lui portait étaient réciproques. Quel comédien !

« Malheureusement, je dois passer la soirée à l'opéra avec ma famille », avait-il dit en quittant Beth quelques heures auparavant. A ce souvenir, elle esquissa une grimace de dégoût.

De crainte d'être aperçue, elle se leva prestement du banc

et quitta la place. Cette fois-ci heureusement, elle parvint sans peine à retrouver son chemin.

De retour dans sa chambre, elle se laissa tomber sur son lit en soupirant. Elle ne parvenait pas à oublier la scène dont elle venait d'être le témoin : la séduction indéniable d'Alex, son geste affectueux envers sa compagne et surtout le sourire ébloui de celle-ci. Dans un mouvement de révolte, elle tapa du poing contre le matelas. Décidément, les hommes étaient tous les mêmes : fourbes, menteurs et intéressés.

Après avoir fixé le plafond d'un air vengeur, elle se prépara pour dormir. Mais en rabattant le drap sur son menton, elle se demanda si elle parviendrait à trouver le sommeil.

Pourquoi était-elle scandalisée à ce point par l'attitude d'Alex ? Scandalisée ou bouleversée ? lui chuchota une voix insolente qu'elle ne daigna pas écouter.

Fermant les yeux et desserrant les poings, elle tâcha de se persuader que tout allait pour le mieux. Elle était ravie d'avoir démasqué Alex. Oui, ravie.

— Avez-vous eu l'occasion de vous promener sur le pont Charles ?

N'ayant pas la moindre envie de se mettre en frais de conversation pour Alex, Beth secoua la tête d'un air maussade. Après l'avoir percé à jour la veille au soir, elle tenait à lui faire comprendre qu'elle n'allait pas se laisser manipuler par ses belles paroles.

Le matin même, elle avait de nouveau demandé au directeur de l'hôtel si un interprète s'était libéré mais, comme la première fois, il lui avait répondu par la négative.

L'idée de congédier Alex lui avait bien traversé l'esprit, mais elle savait qu'il était imprudent de se passer de ses services. La plupart des Tchèques parlaient l'anglais, certes, mais elle tenait à être sûre de se faire bien comprendre. La moindre imprécision linguistique risquait de déclencher un malentendu. En outre, elle avait besoin de quelqu'un pour l'aider à négocier les prix.

Bon gré mal gré, elle allait donc continuer de faire appel aux services d'Alex, tout en s'arrangeant pour passer le moins de temps possible à ses côtés.

— Vous n'y êtes toujours pas allée ? insista Alex, l'arrachant aux pensées qu'elle ruminait. Dans ce cas, je tiens à vous faire l'honneur de la visite.

— Pour le moment, les affaires sont ma priorité, répondit-elle en regardant la vitrine de l'hôtel.

— Si je ne m'abuse, vous recherchez essentiellement des reproductions de modèles anciens ?

— En effet.

— Dans ce cas — et si je puis me permettre ce conseil —, adressez-vous à mes cousins. Ils dirigent une cristallerie et je suis sûre que vous auriez plaisir à la visiter. Si vous voulez, je peux organiser tout ça.

— Oh, je n'en doute pas, lâcha-t-elle sur un ton sarcastique.

Il devait la prendre pour une imbécile car sa proposition était cousue de fil blanc. En tout cas, elle comprenait à présent pourquoi il avait tant insisté pour lui servir de guide.

— Dites-moi, Alex, la cristallerie de vos cousins figure-t-elle sur ma liste ?

— Non. Celles de votre liste se consacrent essentiellement au marché de masse. Pour mes cousins, c'est un peu différent. Ils travaillent essentiellement sur commande. Ce sont des objets uniques.

— L'histoire de votre famille est fascinante, mais je n'ai vraiment pas le temps de l'écouter, coupa-t-elle en regardant sa montre avec ostentation. J'ai trois fabriques à visiter aujourd'hui, alors j'aimerais autant que nous nous mettions tout de suite en route.

Visiblement surpris par la froideur de ses propos, Alex la regarda avec gravité.

— Beth, dit-il en lui prenant la main. Que se passe-t-il ? Qu'est-ce qui ne va pas ?

Son pouce reposait à l'endroit exact où battait le pouls de la jeune femme. Et au grand dam de celle-ci, son rythme s'accéléra aussitôt. Alex s'en était sans doute aperçu car il se mit à la caresser doucement, dans un geste d'apaisement.

— Tout va bien, mentit-elle en retirant prestement son bras pour dissimuler son trouble.

Puis, sans trop savoir pourquoi, elle demanda :

— J'espère que vous vous êtes bien amusé hier avec votre famille ?

Aussitôt elle se méprisa de l'avoir aiguillé sur ce sujet. Allait-il imaginer qu'elle était jalouse ? A en juger par son expression satisfaite, c'était, hélas, fort possible.

— J'ai passé une très bonne soirée, mais j'aurais préféré que vous soyez des nôtres ou que nous soyons seuls tous les deux.

Beth émit un petit son indigné. L'audace de cet homme la laissait sans voix. Comment osait-il dire une chose pareille alors qu'elle savait très bien comment et avec qui il avait passé la soirée de la veille ?

— Ce soir, je veux que nous dînions ensemble, dit-il en la dévorant des yeux. Ce soir, je vous veux.

La sensualité explicite de ce message ne leurra pas Beth. Le désir qu'Alex affectait d'éprouver pour elle n'était pas sincère. Piquée au vif, elle rétorqua :

— Désolée, mais j'ai d'autres projets.

Une ombre passa dans le regard de son compagnon. Si elle ne l'avait pas mieux cerné, elle aurait juré que son refus lui avait fait de la peine. Un peu déboussolée, Beth lutta contre la culpabilité qui s'insinuait en elle. *C'est toi qui es à plaindre dans cette histoire, pas lui*, dut-elle se rappeler.


— Je doute que vous trouviez votre bonheur dans les cristalleries de votre liste, déclara Alex lorsqu'ils eurent accompli leurs trois visites.

— Sans doute, reconnut Beth en esquissant une moue de dépit. Je commence à m'en rendre compte à présent.

Elle se sentait déçue, fatiguée et à bout de nerfs. Cela faisait près de cinq heures à présent qu'elle était coincée dans cette voiture avec Alex et l'épreuve s'avérait plus difficile que prévue.

Elle avait fait de son mieux pour maintenir un maximum de distance entre eux, pourtant cela n'avait pas suffi à le décourager. Au contraire, inquiété par son silence, Alex n'avait cessé de lui demander si elle se sentait bien.

— Mais oui ! avait-elle répondu chaque fois en évitant son regard.

C'était un mensonge bien sûr. En vérité, elle ressentait un profond malaise en sa compagnie. Mais cela, elle pouvait difficilement le lui avouer. En dépit de tous ses efforts pour rester indifférente à son charme, elle ne pouvait ignorer le langage de son propre corps et les signaux insistants qu'il lui envoyait.

A chaque compliment qu'il lui adressait, à chaque regard qu'il dardait sur son visage, elle sentait un flot de désir couler dans ses veines. Plusieurs fois au cours de l'après-midi, il s'était laissé aller à faire des commentaires pour le moins suggestifs.

— Si vous continuez de me parler si durement, je vous ferai taire d'un baiser, avait-il dit en riant avant d'ajouter : Plus vous serez dure avec moi, plus j'aurai envie de vous attendrir.

— Epargnez-moi vos plaisanteries douteuses, avait-elle répondu, les joues en feu.

— Que diriez-vous d'un bon déjeuner pour me faire pardonner ? avait-il alors suggéré.

— Je n'ai pas faim, merci.

— Vous avez raison, moi non plus. Mon appétit n'est pas dirigé sur la nourriture… Ce que je souhaiterais vraiment goûter, c'est votre bouche délicieuse. Son nectar étancherait ma soif.

— Arrêtez tout de suite, avait-elle ordonné sans parvenir à effacer de son esprit les images érotiques qu'il y avait fait naître.

Inutile de se voiler la face : elle désirait éperdument cet homme en dépit de la violente aversion qu'il lui inspirait.

Pour une raison inconnue, Alex avait éveillé en elle un désir qu'elle n'avait jamais ressenti auparavant et qui ne demandait à présent qu'à s'épanouir.

Jamais Beth n'aurait soupçonné une telle sensualité en elle. Jusqu'à sa rencontre avec Alex, elle était convaincue que l'ardeur indispensable à toute relation sexuelle épanouie lui faisait défaut.

Ce n'est rien, se dit-elle pour se rassurer en jetant un coup d'œil à la dérobée du côté de son compagnon. Une manifeste attirance sensuelle, c'était aussi simple que cela. Soulagée à cette idée, elle essaya de se concentrer sur le paysage qui défilait derrière la vitre.

Elle connaissait à présent la raison de son trouble, mais cela ne lui donnait pas le droit pour autant d'assouvir ses pulsions. Plus que jamais, elle devait rester sur ses gardes. En tout cas, une chose était sûre : ce qu'elle ressentait n'était rien de plus qu'une banale attirance physique.

— Ecoutez, Beth…, déclara Alex d'une voix un peu éteinte. Tout cela est très nouveau pour moi, vous savez. Je n'ai jamais éprouvé cela auparavant. Bien sûr, j'ai toujours su que je tomberais amoureux un jour, aussi passionnément que mon grand-père avec ma grand-mère, mais je ne m'attendais pas à ce que ça arrive aussi vite.

Seigneur ! Cet homme ne manquait pas de ressources… Beth dut reconnaître qu'il était extrêmement habile. Pour un peu, elle se serait laissé prendre au piège.

La tactique d'Alex était parfaitement rodée : d'abord les avances, puis les scrupules pour mieux frustrer sa victime. Il imaginait sans doute que ce discours romantique allait l'inciter à faire un pas vers lui. En d'autres circonstances, cela aurait peut-être pu marcher, mais cette fois il allait en rester pour ses frais. Quant à son envolée larmoyante sur ses grands-parents, elle était digne du plus grand comédien.

# 5.

Les yeux rivés sur la vitrine du magasin de l'hôtel, Beth sentait un terrible découragement l'envahir. Les objets dont elle rêvait étaient là, sous ses yeux, mais elle ne pouvait se permettre de les acheter.

— Je suis vraiment désolé que vous n'ayez rien trouvé aujourd'hui, déclara Alex en posant une main réconfortante sur son épaule. Si vous le souhaitez, je peux passer un coup de fil à mon cousin pour que nous puissions visiter sa cristallerie.

Beth ravala à temps une remarque acerbe. Se quereller avec Alex ne la mènerait nulle part, et puis elle se sentait trop fatiguée pour entrer dans une longue discussion avec lui.

Cette journée en sa compagnie avait été une épreuve, une lutte de chaque instant pour ne pas se laisser séduire. Etait-elle de ces femmes uniquement attirées par des hommes susceptibles de les blesser ? Manquait-elle à ce point de maturité et de discernement ?

Heureusement, la fascination qu'il exerçait sur elle était d'ordre purement sexuel ; un moindre mal en somme. Peut-être qu'en concrétisant son fantasme elle comprendrait une bonne fois pour toutes que le sexe et l'amour étaient deux choses bien différentes ? Et puis coucher avec lui ne l'obligerait pas à acheter la marchandise de son satané cousin.

— Il y a trop de monde ici, fit remarquer Alex. Nous serions plus tranquilles pour bavarder dans votre chambre.

Le timbre de sa voix, grave et mélodieux, la fit frémir.

Avait-il lu dans ses pensées ? Parvenait-elle si mal à dissimuler son trouble ?

— Non, je ne préfère pas…, répondit-elle, les joues en feu.

Le danger se rapprochait inexorablement, réalisa-t-elle dans un violent accès de panique.

— Beth…, insista-t-il à mi-voix.

Elle leva craintivement les yeux vers lui. Ce fut une erreur ; la puissance du désir qu'elle y lut la cloua sur place. Toute la journée, elle s'était efforcée d'éviter son regard, mais c'était un combat qu'elle n'avait plus la force de livrer. Là, dans le brouhaha anonyme de ce hall d'hôtel, elle se sentait seule au monde avec lui.

— Je pourrais peut-être appeler mes cousins depuis votre chambre, reprit-il d'une voix plus basse encore. Je vous promets que vous ne serez pas déçue, Beth… Je vous le promets.

Etait-ce son imagination ou avait-il glissé un sous-entendu dans sa dernière remarque ? Dans ce cas, elle l'avait parfaitement saisi. Horrifiée, elle se sentit rougir jusqu'à la racine des cheveux.

Sous la dentelle de son soutien-gorge, les bourgeons de ses seins s'étaient douloureusement durcis, témoignant mieux que tous les mots de la force du désir qui la consumait.

Il fallait réagir, et vite si elle ne voulait pas que la situation se dégrade.

— A vous entendre parler, on pourrait croire que vos cousins sont les seuls à fabriquer du cristal de bonne qualité dans cette ville ! s'exclama-t-elle en faisant de son mieux pour paraître ironique.

Hélas, sa voix se mit à trembloter sur la fin.

— Ils ne sont peut-être pas les seuls, mais ils ont la réputation d'être les meilleurs. Et si vous me croyez partial, je peux vous conseiller deux autres maisons également. L'inconvénient, c'est que l'une d'entre elles croule sous les commandes en ce moment et que l'autre est en pourparlers avec une compagnie italienne dans le but de fusionner.

— Tiens donc, comme c'est étrange ! s'exclama Beth,

franchement moqueuse cette fois-ci. Mais c'est inutile d'appeler vos cousins, j'ai déjà trouvé un fournisseur.

Alex arqua un sourire interrogateur.

— Ah bon ? Puis-je savoir qui ? Pas quelqu'un de votre liste en tout cas.

— En effet, répondit Beth, irritée par le ton paternaliste de son compagnon. Une marchande de la place Wenceslas m'a proposé de me présenter au directeur d'une cristallerie qui reproduit des modèles anciens.

— Une marchande ambulante ? demanda-t-il, l'air franchement inquiet cette fois-ci. Une de celles qui tiennent des stands de pacotille, les pires attrape-touristes ?

— Je viens de vous le dire. Décidément, vous êtes long à la détente ! Et merci pour « l'attrape-touristes » ! Pourquoi pas attrape-nigauds, tant que vous y êtes !

— C'est une plaisanterie, j'espère ?

— Si vous croyez que je suis d'humeur à plaisanter, rétorqua-t-elle en le fusillant du regard.

— Pff… et vous avez cru cette femme ? J'espère que vous ne lui avez pas donné d'argent au moins ?

— Non, mais je ne vois pas en quoi ça vous regarde.

Alex dépassait les bornes ! Avec lui, elle se sentait constamment dans la peau d'une enfant prise en faute. Et c'était bien la dernière chose dont elle avait besoin en ce moment. De quel droit adoptait-il ce ton moralisateur avec elle ?

— Ne vous énervez pas, Beth, je suis juste un peu inquiet. Dans cette ville, tous les commerçants ne sont pas dignes de confiance. Je ne voudrais pas que l'on vous arnaque, vous comprenez ?

— Vous dramatisez tout ! Cette femme m'a simplement proposé de me montrer quelques modèles de vaisselle.

— Lui avez-vous donné le nom de votre hôtel ?

Beth jugea préférable de ne pas lui dire qu'elle avait rendez-vous place Wenceslas. Inutile de prêter le flanc à de nouvelles critiques.

— Elle sait comment me joindre, se contenta-t-elle de répondre avec un flou délibéré.

— Vous ne connaissez donc pas la réputation de ces marchands ? Je suis sûr que l'on a dû vous mettre en garde avant votre départ. Ces gens-là sont des mafieux pour la plupart.

— Quelle horreur ! s'exclama Beth en simulant l'effroi. Vous voulez dire que tous les marchands de la place Wenceslas sont des criminels ? Dites… vous ne seriez pas un peu parano, par hasard ?

— Ne le prenez pas sur ce ton, répondit sombrement Alex. Ces gens sont potentiellement dangereux.

Irritée par les propos alarmistes de son compagnon, Beth soupira profondément en levant les yeux au ciel. Les traits d'Alex se durcirent aussitôt.

— Comme vous voudrez, déclara-t-il sèchement. Si vous refusez d'écouter mes conseils, laissez-moi au moins vous accompagner quand vous reverrez cette femme.

Se rendre au rendez-vous avec Alex ? Sachant qu'il n'avait qu'une idée en tête, lui faire conclure un marché avec son cousin, c'était hors de question. Le connaissant, il allait tout saboter.

La foule qui encombrait le hall commençait à se disperser. A ce moment-là, la réceptionniste fit un signe à Alex pour attirer son attention.

— Veuillez m'excuser, Beth, dit ce dernier avant de se diriger vers le bureau.

De sa place, Beth les entendit échanger quelques mots en tchèque. De quoi s'agissait-il ? se demanda-t-elle, intriguée par l'attitude révérencieuse de la jeune femme.

A son arrivée à Prague, Beth avait pu constater que les Tchèques étaient d'une politesse exquise pour la plupart. Et il ne s'agissait pas d'une courtoisie de façade, comme trop souvent hélas en Europe occidentale, mais d'une réelle attention envers autrui.

Malgré cela, l'assistante qui s'entretenait avec Alex

n'était pas simplement aimable ; sans être obséquieuse, elle s'adressait à lui avec une profonde déférence.

Troublée malgré elle, Beth se demanda si elle n'avait pas jugé trop sévèrement son interprète. Si cette jeune femme se mettait en frais pour lui, cela signifiait peut-être qu'il le méritait.

*Ne sois pas naïve !* se sermonna-t-elle aussitôt. La réceptionniste était sensible au charme d'Alex, voilà tout.

En ce qui la concernait, elle avait définitivement tiré un trait sur les hommes de son genre. L'amour était un sentiment dangereux qu'elle s'était juré de ne plus jamais éprouver. Fermant les yeux, elle se souvint de l'ardeur qu'elle avait mise à défendre Julian lorsque Kelly avait essayé de lui ouvrir les yeux. « Tu es jalouse, c'est tout », avait-elle lancé à sa meilleure amie au cours d'une dispute. Pauvre Kelly ! Elle qui s'était montrée si patiente et si compréhensive.

Comment avait-elle pu être aveugle à ce point ? Aujourd'hui, Kelly, Anna et Dee étaient convaincues que Julian avait brisé son cœur, mais Beth en doutait. Ce sale type l'avait fait souffrir, effritant durablement sa confiance en elle-même, certes. Seulement, avec le recul, elle se demandait si elle l'avait jamais aimé. D'un naturel très romantique, elle s'était plu à croire qu'elle avait enfin rencontré l'âme sœur.

Néanmoins, lorsque Julian lui avait demandé de hâter les préparatifs de mariage, elle avait ressenti un bref moment d'angoisse. Elle avait à peine osé se l'avouer, bien sûr, mais il lui avait confusément semblé que tout allait trop vite pour qu'elle puisse analyser correctement ses sentiments.

Toute sa vie, elle avait été entourée par l'amour de ses parents et de ses amis, qui avaient toujours été là pour la guider dans ses choix. Mais leurs soins prévenants ne lui avaient pas laissé l'occasion de faire ses propres expériences. Jamais elle ne leur en aurait fait le reproche, car elle avait bien conscience d'être seule responsable de cet état de fait. Elle aurait dû s'affirmer davantage, refuser de se laisser porter par l'affection des siens et de se complaire dans le rôle de l'enfant chérie de sa famille.

Toutefois, il n'était jamais trop tard pour corriger ses erreurs. Pour des raisons pratiques évidentes, elle avait besoin d'un interprète, mais elle n'avait pas l'intention de se laisser dicter sa conduite pour autant.

Plus jamais ça, se jura-t-elle une nouvelle fois.

Alex discutait toujours avec la réceptionniste. Beth jeta un coup d'œil furtif du côté de l'ascenseur. Elle hésita quelques secondes : c'était le moment rêvé pour échapper à son interprète. Sans réfléchir davantage, elle se dirigea vers l'appareil dont les portes s'ouvrirent aussitôt.

Dès qu'elles se furent refermées, elle se surprit à regretter qu'Alex ne l'ait pas poursuivie. Malgré elle, elle se souvint des propos de ce dernier au sujet d'étreintes furtives dans les ascenseurs. Irritée par le cours de ses pensées, elle se rappela que la journée n'était pas encore terminée, et qu'elle devait à présent se concentrer sur son rendez-vous place Wenceslas.

Une fois dans sa chambre, elle appela la réception pour informer qu'elle ne voulait être dérangée sous aucun prétexte.

Après avoir pris une douche, elle tourna en rond dans la chambre puis se laissa tomber sur le lit. Elle se souvint alors de l'élégante compagne d'Alex aperçue à la sortie du théâtre. La femme, incontestablement plus âgée que lui, ne ressemblait en rien à la proie facile d'un séducteur. Pourtant, elle avait semblé conquise par son charme.

Beth soupira profondément. Décidément, Alex ne reculait devant rien. Savoir cela aurait dû anéantir tout désir en elle, mais il n'en était rien, hélas. Sans compter qu'elle était jalouse à présent !

Furieuse contre elle-même, elle bondit du lit et se mit à arpenter de nouveau sa chambre. Il était bien trop tôt pour aller retrouver la marchande de la place Wenceslas, et elle ne comptait pas rester enfermée pour le reste de la journée.

Pourquoi ne pas jouer les touristes ? songea-t-elle alors. Un tour guidé en ville lui rafraîchirait certainement les idées.

Bien décidée à profiter des merveilles de Prague, elle passa une robe chemisier prune et des tennis en toile.

Trois heures plus tard, à la fin de la visite qu'elle avait programmée, elle était irrémédiablement conquise par la beauté de Prague. Elle garderait à jamais à la mémoire la beauté singulière du cimetière juif, les splendeurs du château et le charme pittoresques des petits magasins de poupées qui bordaient les ruelles anciennes de la ville.

Après avoir chaleureusement remercié son guide, Beth se dirigea lentement jusqu'à la place Wenceslas, s'arrêtant en chemin pour déguster un sandwich à la terrasse d'un café. Un vent d'indépendance soufflait sur elle et elle se surprit à sourire toute seule.

En arrivant sur la place, qui lui parut encore plus bondée que la veille, Beth se hâta jusqu'au stand qui l'intéressait. La femme la reconnut aussitôt et l'accueillit avec un large sourire.

— J'ai les verres, annonça-t-elle sur un ton conspirateur en l'invitant à la rejoindre derrière le stand.

Sous la tente flottait une puissante odeur qui incommoda Beth. De l'encens peut-être, à moins qu'il ne s'agisse de… Oh, mieux valait ne pas savoir.

— Regardez, c'est ici ! déclara la vieille femme en sortant divers objets d'un carton.

Puis elle les déposa un à un sur une petite table de bois. En raison de l'obscurité qui régnait à l'arrière de la tente, Beth dut s'agenouiller pour les regarder de plus près. Mais en les voyant, son visage s'éclaira d'un sourire ravi.

— Ils sont magnifiques, dit-elle à la femme d'une voix émue.

Le mot était faible, songea-t-elle en prenant l'un des verres pour l'examiner à loisir.

— Puis-je le regarder à la lumière du jour ? s'enquit-elle poliment.

La vieille femme secoua la tête avec véhémence, lui barrant le passage de son large corps. Décontenancée par ce refus, Beth n'insista pas. De toute façon, il ne faisait aucun doute que ces verres étaient de pures merveilles. Plus elle les regardait, plus elle peinait à croire qu'il ne s'agissait pas de modèles originaux du XVIIe siècle.

Mais, bien sûr, si tel avait été le cas, ils auraient appartenu à un musée. La fabrique qui produisait ces merveilles devait avoir un secret pour donner cet éclat ancien au cristal.

A chaque nouvelle pièce que lui présentait la marchande, Beth sentait croître son excitation. Si jamais elle parvenait à se procurer une marchandise d'une telle qualité, ce serait un « coup » formidable pour la boutique. Elle était prête à parier qu'aucun de ses clients, si fortuné fût-il, n'avait jamais vu de telles merveilles en dehors des collections particulières exposées dans les musées.

En tout, la femme avait apporté une douzaine de pièces de styles différents. Les couleurs des verres — grenat, bleu, émeraude ou or — étaient incomparables. Beth attarda longuement son regard sur une coupe peinte à l'or fin dont l'éclat n'avait rien à envier à celui du plus pur diamant. Puis elle s'extasia sur un vase délicatement effilé dont la pureté des lignes était un véritable enchantement. Enfin, la marchande lui montra deux lustres, encore plus beaux que ceux du magasin.

Beth voulait le tout. Elle était certaine de tout vendre de retour à Rye-sur-Averton — si et seulement si le prix était raisonnable.

Elle n'était pas venue à Prague dans l'espoir de trouver des objets si précieux, mais simplement du beau cristal à bas prix. Mais en regardant ces joyaux, elle renonça à ce projet initial.

*Pourquoi ne pas voir les choses en grand pour une fois ?* se dit-elle comme un défi.

Un problème subsistait, et non des moindres : son budget était relativement modeste et ces pièces devaient être hors de prix. Mais peu lui importait : elle voulait ces objets. Elle les voyait déjà dans la vitrine de sa boutique et entendait presque les cris de ravissement de ses clients.

— Ces objets font-ils partie d'un même service ?

— Si vous voulez le service entier, ça ne pose aucun problème, répondit la femme d'une voix doucereuse. A condition, bien sûr, de passer une commande importante.

— C'est-à-dire ?

— Disons une centaine de services de douze, comme celui-ci.

Une centaine ! Soit mille deux cents verres… Beth sentit son cœur se serrer. C'était bien plus qu'elle ne pouvait se le permettre.

— En admettant que j'accepte, serait-il possible de commander vingt-cinq services pour chacune des quatre couleurs ?

La marchande esquissa une moue dubitative et se fit prier pour répondre.

— Je ne sais pas, lâcha-t-elle finalement. Il faut que je demande à la cristallerie d'abord.

— Et combien cela coûterait-il ? s'enquit prestement Beth. Quel est le prix d'un verre ? Pourrais-je avoir un devis ?

La vieille femme secouant la tête, découvrant dans son sourire une bouche à moitié édentée.

— Combien pouvez-vous mettre ?

Décontenancée par cette question, Beth réfléchit quelques instants. Marchander n'avait jamais été son fort, contrairement à Kelly. Mais, poussée par son désir d'acquérir cet incroyable service, elle cita un chiffre.

La marchande partit d'un rire forcé.

— Pour des verres d'une telle qualité ? Vous plaisantez, j'espère ?

Puis, elle donna sa propre estimation et Beth se sentit blêmir.

— Non, c'est beaucoup trop, répondit-elle fermement avant d'ajouter : j'aimerais visiter la cristallerie et m'entretenir avec le directeur.

Les yeux de la vieille femme se plissèrent imperceptiblement et Beth eut la désagréable impression de l'avoir amusée.

— C'est que l'usine est très loin… à une journée d'ici.

— Une journée ? reprit Beth avec incrédulité. Comme

c'est curieux, il me semblait pourtant que les cristalleries se situaient essentiellement aux alentours de Prague.

— Pas celle-ci. Mais croyez-moi, rien ne vous oblige à vous déplacer.

— J'insiste !

— Tss, tss…, c'est plus commode que vous vous entreteniez avec moi.

Choquée par l'incongruité de la situation, Beth secoua lentement la tête.

Le prix que lui demandait cette femme était si élevé, pour ne pas dire astronomique, qu'elle la soupçonnait de s'allouer une marge généreuse. Si les verres étaient réellement aussi chers qu'elle le prétendait, pourquoi n'étaient-ils pas vendus dans l'un des magasins de luxe de la ville ?

Comme si elle avait lu dans ses pensées, la femme saisit Beth par la manche pour lui murmurer à l'oreille :

— Ce ne sont pas des Tchèques qui possèdent cette cristallerie, vous voyez ce que je veux dire ?

Beth ne voyait pas du tout, mais hocha machinalement la tête.

— Vous pouvez la visiter si vous le souhaitez, mais honnêtement, ce n'est pas utile.

— J'y tiens.

— Comme vous voulez, comme vous voulez. Dans ce cas, je vais arranger ça pour vous. Mais d'abord, vous devez prouver votre bonne foi.

Sa bonne foi ? Beth mit quelques instants à comprendre que la marchande parlait d'argent. Elle n'avait que quelques billets sur elle qu'elle répugnait à donner à la vieille femme. Elle les lui remit malgré tout.

— A quand le prochain rendez-vous ? s'enquit-elle ensuite. Pourquoi pas demain ?

Une fois de plus, la réponse de la vieille femme suscita son étonnement.

— Non, ce n'est pas possible, je n'aurai pas le temps de tout organiser d'ici là.

— Bon. Que proposez-vous ?

— Rendez-vous dans une semaine à 7 heures tapantes. Nous voyagerons toute la journée…

Beth se demanda si elle devait inclure Alex dans cette expédition. Sans doute pas. Après tout, il risquait d'être déçu qu'elle n'ait pas fait appel aux membres de sa famille. Et puis, elle n'avait toujours pas digéré ses propos sur la supposée mafia de Prague.

— A propos, reprit la marchande, n'oubliez pas de prendre du liquide avec vous.

Du liquide ? Beth fronça les sourcils. D'ordinaire, elle réglait ses commandes par virement bancaire. Répugnant à discuter de cela avec son interlocutrice, elle décida d'aborder directement la question avec le directeur de la cristallerie. Elle n'avait pas entièrement confiance en cette femme, et si les verres n'avaient pas été si beaux, elle aurait sûrement refusé de parler affaires avec elle.

Décidément, Prague avait un curieux effet sur elle, songea-t-elle en marchant vers son hôtel. Et il ne s'agissait pas seulement de son attitude, mais aussi du regard qu'elle posait sur elle-même.

Jusqu'à présent, elle ne s'était jamais considérée comme une femme à part entière. L'attitude conquérante de la plupart de ses congénères en matière de séduction l'avait toujours fascinée parce qu'elle lui était étrangère. Avec le temps, elle s'était faite à l'idée qu'il lui manquait cette énergie sensuelle qu'assumaient pleinement les autres. Mais depuis quelques jours, elle avait pris la pleine mesure du pouvoir de ses sens sur elle.

En ce qui concernait le service en cristal d'inspiration baroque, un constat semblable s'imposait. Lorsque la vieille marchande lui avait montré les joyaux dissimulés à l'arrière de sa tente, Beth avait senti son cœur s'emballer. Mue par un désir charnel de toucher ces verres, elle s'était perdue dans leur contemplation. Une seule certitude l'habitait désormais : elle devait tout faire pour les posséder.

Mais ce désir, si fort qu'il puisse être, était-il comparable à celui que lui inspirait Alex Andrews ? Au souvenir du contact froid du cristal sur sa peau, elle secoua la tête. Non, rien ne pouvait être plus intense que l'attirance incroyable qui la poussait vers cet homme.

Troublée par cette idée, elle s'arrêta quelques instants sur le pavé. Comment serait-ce de faire l'amour avec lui ? A cette idée, une étrange sensation naquit au creux de son ventre. Les jambes flageolantes, elle reprit lentement sa marche.

La nuit tombait progressivement sur Prague, il était temps de rentrer à l'hôtel.

Lorsqu'elle passa devant la réception, le gérant lui fit signe.

— M. Andrews est passé pendant votre absence, il vous a laissé un message.

Beth prit l'enveloppe en fronçant les sourcils. Dans l'ascenseur, elle dut se faire violence pour ne pas la décacheter. Une fois dans sa chambre, elle prit le temps de poser ses affaires, d'ôter ses chaussures, puis enfin, s'autorisa à lire le petit mot.

« Chère Beth,

« Je voulais vous inviter à dîner avec mon cousin ce soir, mais vous n'êtes pas là, à mon grand regret. Je passerai vous prendre demain matin à l'hôtel sur le coup de 10 heures. Si vous souhaitez m'appeler, voici mon numéro de téléphone. N'hésitez pas.

Alex. »

Beth fut tentée de l'appeler pour lui annoncer triomphalement qu'elle avait trouvé le service de ses rêves sans son aide, mais elle y renonça. Si Alex avait voulu l'inviter à dîner ce soir, il n'avait sans doute pas renoncé à l'idée de lui faire acheter la marchandise de son cousin.

Avait-il emmené quelqu'un d'autre dîner — son élégante compagne quinquagénaire par exemple ?

— Je m'en moque de toute façon », dit-elle à voix haute pour se donner le change. Elle avait trop à penser pour s'encombrer l'esprit avec Alex Andrews. Il était un peu tard pour appeler Kelly, mais elle le ferait dès le lendemain.

Elle en profiterait pour prendre contact avec son banquier et négocier un éventuel découvert.

Au moment de se coucher, Beth ferma les yeux pour visualiser les verres, mais chaque fois le visage d'Alex apparut à la place. Gémissant de frustration, elle écrasa la tête contre son oreiller pour le chasser de son esprit.

Lorsqu'elle parvint enfin à trouver le sommeil, ce fut pour retrouver le sourire d'Alex dans ses rêves.

# 6.

A son réveil, le lendemain matin, la chambre baignait dans une douce lumière dorée et les rayons du soleil zébraient les draps de son lit. Prenant conscience qu'elle avait dormi plus longtemps que d'habitude, elle se leva d'un bond,

Mais très vite, elle se rappela qu'elle n'avait pas à se presser ce matin-là puisqu'elle n'avait aucune cristallerie à visiter.

La veille, juste après s'être couchée, elle avait rallumé la lumière pour laisser un message sur le répondeur d'Alex. Poliment mais froidement, elle l'avait remercié pour son aide, précisant qu'elle n'aurait plus besoin de ses services à présent. « Déposez votre facture à la réception de l'hôtel », avait-elle lancé avant de raccrocher.

En effet, mieux valait tirer un trait définitif sur cette relation.

Nue, elle se dirigea jusqu'à la salle de bains. En sortant de la cabine de douche, fraîche et revigorée, elle s'examina longuement devant le miroir.

De toute évidence, ces quelques jours à Prague lui avaient déjà fait le plus grand bien. Elle avait retrouvé le poids perdu après sa rupture avec Julian ; la courbe de ses seins s'était joliment arrondie ainsi que ses hanches. Grâce au ciel, les cernes bleutés autour de ses yeux avaient disparu, laissant ses paupières aussi lisses que celles d'un petit enfant. Ses cheveux blonds avaient un peu éclairci au soleil et sa peau était aussi fraîche qu'un pétale de rose.

Après avoir mis un soutien-gorge et une culotte de soie blanche, elle sécha soigneusement ses cheveux. Puis elle se maquilla très légèrement, pour la forme essentiellement, car son teint n'avait guère besoin d'artifice pour resplendir. Elle venait de poser un soupçon de rouge sur ses lèvres lorsque l'on frappa à la porte. Le petit déjeuner sans doute.

— J'arrive! s'écria-t-elle en enfilant prestement un déshabillé bleu pâle.

Puis elle ouvrit la porte en grand.

— Merci beaucoup, c'est très gentil…

De stupeur, elle n'acheva pas sa phrase. L'homme qui se tenait devant elle n'était pas le garçon d'étage, mais Alex. Sans se démonter, celui-ci poussa un chariot dans la chambre. Stupéfaite, Beth constata qu'il comprenait deux couverts. Quel toupet!

— Que faites-vous ici? Je croyais avoir été suffisamment claire au téléphone.

Interceptant le regard flatteur qu'Alex venait de poser sur elle, elle noua les pans de son déshabillé autour d'elle.

— Vous êtes charmante au réveil, murmura-t-il tout en disposant assiettes, tasses, croissants et café sur la table.

Les bras croisés sous la poitrine et l'œil mauvais, elle le regarda faire. Intérieurement, elle se réjouit qu'il ne fût pas arrivé une heure plus tôt, alors qu'elle se réveillait à peine.

Simple vanité féminine, se dit-elle, vaguement consciente de sa mauvaise foi. Aucune femme n'aimait qu'un homme la surprenne décoiffée au sortir du lit.

*Ah, oui?* intervint la voix de sa conscience. *Pourtant, les matins précédents, tu n'as pas eu tant de scrupules lorsque le garçon d'étage est venu t'apporter ton petit déjeuner.*

— Je pensais que nous pourrions discuter du programme de la journée autour d'une tasse de café, déclara Alex avec un sourire désarmant.

Puis, il lui présenta galamment un fauteuil.

— De quel programme parlez-vous? rétorqua-t-elle. Vous n'avez pas reçu mon message?

— Si, je sais que vous ne comptez plus visiter de cristalleries. Cependant, il y a bien d'autres choses à voir à Prague…

— J'en suis certaine, et j'ai bien l'intention de visiter cette ville, mais seule.

— Je me disais que nous pourrions commencer par une petite promenade improvisée, poursuivit-il en ignorant sa pique.

— Vous n'avez pas le droit d'être ici ! s'enflamma-t-elle. Je pourrais me plaindre au directeur.

A la vérité, elle se sentait incapable de faire une chose pareille. Si Alex avait réussi à se faufiler jusque dans sa chambre, c'était vraisemblablement avec la complicité d'un membre du personnel. Elle ne voulait pas que cette personne puisse avoir des problèmes si jamais le directeur apprenait ce qui s'était passé.

— Pourquoi avez-vous renoncé à visiter d'autres cristalleries ? demanda Alex tout en lui beurrant un toast.

— Parce que ce n'est plus la peine.

Le sourire de son compagnon mourut sur ses lèvres.

— Beth, j'espère que vous n'envisagez tout de même pas de traiter avec cette marchande à la sauvette que vous avez rencontrée place Wenceslas ? Parce que si c'est le cas…

— Si c'est le cas, ça ne regarde que moi, coupa-t-elle, furieuse.

L'idée que cet homme puisse la prendre pour une pauvre petite fille fragile et naïve exacerbait sa colère. De quel droit lui parlait-il sur ce ton ?

— En dépit de ce que vous semblez croire, monsieur je-sais-tout, je connais parfaitement mon métier. Je sais ce qui se vendra ou pas, et à quel prix. Alors, de grâce, gardez vos commentaires pour vous.

— Pardonnez-moi si je vous ai blessée. Je n'ai jamais insinué que vous n'étiez pas compétente dans votre domaine. Seulement, les règles du jeu ici sont peut-être plus compliquées qu'en Angleterre. Ce que j'essaie de vous faire comprendre, c'est qu'il y a quelques écueils à éviter. Les Tchèques sont des gens honnêtes, cela va sans dire, mais la conjoncture économique n'est pas encore stable. Certains en profitent.

— Je vous remercie pour ce petit exposé fort instructif,

mais je ne vois pas en quoi ça me concerne, répondit Beth, un peu mal à l'aise.

— Vous a-t-elle proposé de visiter une quelconque cristallerie, au moins ?

— Evidemment !

Inutile de lui raconter qu'elle avait dû insister auprès de la vieille femme pour cela !

— Je ne peux pas vous forcer la main… Mais si vous tenez vraiment à rester en contact avec cette femme, permettez-moi de vous accompagner le jour où vous irez visiter la cristallerie dont elle vous a parlé. Ce serait plus prudent.

— Je vous arrête tout de suite, Alex. Cessez de me parler de « prudence » ou de « raison » et dites-moi franchement pourquoi vous tenez tant à m'accompagner !

— Je veux simplement m'assurer que cette femme ne vous trompera pas. Puis-je vous poser une question à mon tour ?

— Non !

— Je la poserai malgré tout : pourquoi tenez-vous tant à ce que je ne vous accompagne pas ?

— Parce que vos motivations sont très claires à mes yeux. Vous voulez me suivre pour me dissuader de signer un contrat avec eux. Depuis le début, vous n'attendez qu'une seule chose : que je fasse affaire avec votre cousin. Et c'est l'unique raison de votre visite de ce matin.

A l'expression de son visage, elle comprit qu'elle avait vu juste. Mais au lieu de s'en réjouir, elle ressentit un étrangement pincement au cœur.

— Oui, je voulais vous conseiller de visiter la cristallerie de mon cousin, convint-il d'une voix dure. Mais par amitié et rien d'autre. Ce que vous suggérez me blesse profondément. Si vous voulez tout savoir, mon cousin…

Il s'arrêta quelques instants et reprit :

— Quel est votre problème, Beth ? Pourquoi êtes-vous si méfiante à mon égard ?

— C'est très simple, vous êtes un homme, lâcha-t-elle avec dédain.

— Et ?

— Mon expérience des hommes m'incite à me méfier d'eux, c'est tout.

— Mais pourquoi ?

En proie à une émotion soudaine, elle garda le silence.

— Continuez, Beth ! Parlez-moi de votre expérience.

Répugnant à se confier sur un sujet si douloureux, elle détourna le regard. Pour un peu, elle aurait juré que sa réflexion avait peiné Alex. Mais elle ne devait pas se laisser abuser par son talent d'acteur. Pourquoi avait-elle mentionné sa haine des hommes ? Sans le vouloir, elle s'était engagée sur un terrain dangereux.

— Vous ne dites rien ? s'étonna-t-il. Si je comprends bien, je suis condamné d'avance, sans même pouvoir me défendre. Vous me jugez pour un crime que je n'ai pas commis, pour le seul motif que je suis un homme...

Beth persista dans son mutisme.

— Qui était-il ? insista-t-il. Un ami ? Un amant ?

Les poings serrés, elle luttait de toutes ses forces pour contenir les pleurs qui perlaient à ses yeux. Mais il était déjà trop tard. Une à une, elle sentit les larmes couler le long de ses joues.

— Ni l'un ni l'autre, répondit-elle enfin d'une voix tremblante. Si vous voulez tout savoir, il s'agit d'un homme qui a prétendu m'aimer alors que ce n'était pas vrai... d'un homme qui m'a trahie et...

Humiliée de s'être laissée aller de la sorte devant Alex, elle repoussa violemment sa chaise pour se lever. Essuyant ses yeux, elle se précipita jusqu'à la salle de bains pour y trouver refuge. Elle fut rattrapée par Alex qui l'arrêta dans sa course.

— Ne pleurez pas, Beth, murmura-t-il à son oreille en la serrant contre lui. Je vous demande pardon... Je ne voulais pas vous faire de la peine.

— Je... je ne ressens pas de peine, répondit-elle entre deux hoquets. Les hommes ne méritent pas qu'on les aime...

— Vraiment ? demanda-t-il en lui soulevant le menton.

— Vraiment, affirma-t-elle d'une voix incertaine sans

parvenir à soutenir le regard de feu qu'il venait de poser sur elle.

— Regardez-moi, Beth.

— Je vous regarde…, protesta-t-elle maladroitement.

— Regardez-moi vraiment, insista-t-il.

Bravement, elle planta son regard dans le sien.

— Vous êtes content ? le défia-t-elle.

— Oui…

Sans lui laisser le temps de répondre, il captura sa bouche dans un baiser d'une insoutenable douceur. Elle voulut protester, mais son petit cri d'indignation se transforma en un soupir de volupté. Sans trop savoir pourquoi, elle rejeta la tête en arrière pour mieux s'offrir à cette divine caresse.

Mue par son désir, elle enroula ses bras autour de la nuque d'Alex et plaqua ses hanches contre les siennes. L'ardeur coulait en elle comme la lave d'un volcan, soulevait ses sens et anéantissait sa raison. Jamais elle n'avait connu une ivresse semblable. Elle était prête à suivre Alex où il voudrait…

Enhardie par la sensualité de l'instant, elle hasarda un doigt sous la chemise de son vainqueur. Sous l'étoffe légère, sa peau était douce et chaude, délicieusement masculine. Elle pouvait palper la fermeté de ses muscles qui se contractèrent imperceptiblement à ce contact.

Alex rejeta la tête en arrière à son tour lorsqu'elle écarta un pan de tissu pour frôler son torse viril de ses lèvres. Le goût de sa peau, imperceptiblement musqué, la fit chavirer. Plus audacieuse que jamais, elle happa le bout de son sein qu'elle suçota langoureusement.

— Laisse-moi te regarder, dit-il d'une voix âpre en faisant glisser son déshabillé de ses épaules.

L'instant d'après, le vêtement léger gisait à terre.

— Que tu es belle…, murmura-t-il en promenant sa main à la lisière de son soutien-gorge.

— Embrasse-moi, Alex.

Il encercla son visage de ses longs doigts tandis que ses yeux gris la scrutaient avec avidité.

80

— Embrasse-moi..., répéta-t-elle si bas qu'elle se demanda si elle avait réellement prononcé ces mots.

Cédant à cette invite, il dessina l'ourlet de sa bouche du bout de la langue.

— Tu me rends fou, dit-il dans un souffle.

— Rends-moi folle, s'entendit-elle prononcer d'une voix rauque qu'elle ne se connaissait pas.

Alex écrasa sa bouche contre la sienne en gémissant. Son baiser, doux et tendre au début, gagna vite en intensité. Consumée par la passion, Beth répondit aux caresses de sa langue avec une ardeur décuplée.

Alex la fit basculer à terre, sans cesser de l'embrasser. Puis, il s'agenouilla à son côté et dégrafa habilement son soutien-gorge. Libérés de leur prison de soie, les seins de Beth, gonflés d'impatience, se tendirent désespérément vers lui, comme pour quémander une caresse.

Epousant de ses mains les deux globes d'albâtre, il les caressa avec une lenteur ensorcelante. Gémissant de volupté, Beth cambra le dos pour mieux s'offrir à lui.

Tournant la tête de côté, elle aperçut leur reflet dans le grand miroir de la chambre. Cette vision fit redoubler son excitation.

Les mains d'Alex, grandes, puissantes et bronzées offraient un contraste saisissant avec la pâleur nacrée de ses seins. Elle était déjà à moitié nue, il était encore habillé. Pour la première fois de sa vie, elle était complètement à la merci d'un homme. Ce qui, chose étrange, était loin de lui déplaire.

Dans le miroir, leurs corps étaient à présent si intimement enlacés, si sensuellement imbriqués qu'ils semblaient déjà amants. Beth gémit douloureusement, attirant la tête d'Alex contre sa gorge. Sa nature, dans ce qu'elle avait de plus secret et de plus trouble, s'exprimait dans chacun de ses gestes.

Lorsque Alex cueillit de ses lèvres le bout de son sein, elle l'encouragea d'une voix vibrante. Mais au lieu de continuer, il s'arrêta net.

— Je ne peux plus..., dit-il, un voile dans la voix. Si je continue à te toucher, je ne sais pas si...

Ses derniers mots moururent dans un soupir.

— Continue, fit-elle en plantant son regard dans le sien.

— Beth, je voudrais te dire que…

— Continue, répéta-t-elle en secouant farouchement la tête.

Jusqu'à présent, elle avait été convaincue qu'elle ne pourrait s'adonner librement aux joies du sexe qu'à la condition de s'offrir à un homme délicat qui prendrait soin d'elle comme de la plus fragile porcelaine.

Aujourd'hui, à son grand désarroi, elle se découvrait un tout autre désir. Sur le point d'être initiée aux mystères du plaisir charnel, elle voulait se livrer sans retenue à un amant fiévreux et passionné.

— Viens…, murmura-t-il en l'aidant à se relever.

De crainte qu'il ne mette fin à leur étreinte, elle protesta faiblement.

— Chut…, dit-il en la soulevant dans ses bras.

La pièce baignait dans la douce chaleur de cette belle matinée. Se faufilant par les jalousies de la chambre, quelques rayons de soleil s'étiraient paresseusement sur le parquet.

Ils tombèrent ensemble sur le lit, dont les draps étaient encore chiffonnés. Alex déposa une pluie de baisers à la naissance de son cou, puis laissa glissa ses lèvres sur un sein qu'il mordilla légèrement.

— Oh oui…, dit-elle en fermant les yeux de plaisir.

Lentement, il descendit plus bas, jusqu'au creux de son ventre. Palpitant d'impatience, Beth enfonça les mains dans la chevelure de son compagnon.

— Plus bas…, osa-t-elle murmurer.

Mais on frappa alors à la porte et le charme fut rompu.

Se redressant d'un bond, elle courut jusqu'à la salle de bains pour s'y enfermer.

— Beth, tout va bien, il est parti. Tu peux sortir.

De l'autre côté de la porte, Beth était mortifiée. En cinq minutes à peine, le garçon d'étage avait eu le temps de débarrasser la table. Cinq minutes qui lui avaient permis de mesurer l'étendue du désastre.

L'arrivée inopinée de cet homme lui avait fait l'effet d'une douche froide, et elle se demandait à présent pourquoi elle s'était livrée si facilement à Alex.

Il avait suffi d'un baiser pour qu'elle perde tout contrôle d'elle-même ! Le désir qu'elle avait si péniblement contenu les jours précédents avait explosé avec force, la laissant plus démunie que jamais.

L'attirance qu'elle ressentait pour Alex était une chose, se conduire comme une adolescente, une autre. Avait-elle perdu la raison ?

Si le garçon d'étage n'était pas arrivé à ce moment-là, elle se serait certainement offerte à lui sans le moindre scrupule. C'est ce qui s'appelait être sauvée par le gong !

— Beth…, insista-t-il. Tout va bien. Sors, s'il te plaît.

Sortir ? Elle aurait préféré disparaître sous terre. Hélas, elle n'avait pas d'autre choix que d'ouvrir la porte. A un moment ou à un autre, elle devrait bien se résoudre à affronter son regard.

Et puis, à la réflexion, elle n'était pas la seule responsable dans cette histoire. Alex, lui aussi, s'était laissé dominer par ses pulsions.

Mais il était un homme, et cela changeait tout… Au moment de formuler cette pensée, une bouffée de révolte envahit Beth. Rien ne lui interdisait de donner libre cours à ses fantasmes, après tout. Il n'y avait aucune honte à affirmer sa sensualité.

L'époque où les femmes devaient se persuader d'aimer un homme pour franchir le pas avec lui était bel et bien révolue. Dans ce cas, que faisait-elle dans la salle de bains, prostrée comme une jouvencelle prise en faute ?

Bien décidée à reprendre le dessus, elle ouvrit la porte de la salle de bains et sortit dignement. Ignorant le sourire d'Alex, elle jeta un coup d'œil à sa montre, l'air faussement blasé.

— Il est temps que vous partiez à présent, lâcha-t-elle

en adoptant délibérément un ton plus formel. Une journée chargée m'attend.

Alex fronça les sourcils de mécontentement.

— Que de distance tout à coup ! murmura-t-il. Mais si c'est ce que vous souhaitez…

— Je suis assez pressée, en effet, insista-t-elle en détournant le regard, franchement mal à l'aise.

— En êtes-vous sûre ? Ne deviez-vous pas prendre une journée de repos ? Vous aviez projeté de visiter la ville, il me semble.

— C'est vrai…, reconnut-elle en se sentant perdre pied.

Il jeta un coup d'œil du côté de la fenêtre. En l'espace de quelques minutes, le soleil avait disparu derrière un épais nuage. Déjà, on entendait une pluie légère ruisseler sur les pavés de la place.

— Il pleut à présent, commenta-t-il. La ville devrait être plutôt calme. Nous pouvons en profiter pour faire une balade le long du fleuve puis déjeuner en ville. Je connais un petit restaurant typique qui vous plaira sans doute. Aimez-vous le goulasch ?

Beth le dévisagea avec stupéfaction. Elle voulut protester, mais, au moment d'ouvrir la bouche, se trouva incapable de proférer le moindre son.

— Et cet après-midi, nous traverserons le pont Charles reprit-il avec insouciance. En fait, j'aimerais vous montrer quelque chose.

Cette fois-ci, elle avait l'intention de refuser fermement, cependant, lorsqu'elle prit la parole, elle marmonna d'une petite voix :

— Euh… d'accord. Mais il faut d'abord que je m'habille.

— Et vous voulez que je parte ? demanda-t-il, un sourire complice au coin des lèvres. C'est préférable en effet. Qui sait ce que je pourrais faire en restant ici ?

Il marqua une pause durant laquelle il la dévora littéralement des yeux.

— Croyez-moi, Bethany, j'en meurs d'envie pourtant. J'en meurs d'envie.

Il insista sur cette dernière phrase et Beth sentit une douce chaleur naître au creux de son ventre. Les joues en feu, elle alla le raccompagner jusqu'à la porte de la chambre.

Lorsqu'elle posa la main sur la poignée, il arrêta son geste.

— Pas si vite, Beth.

Le cœur battant la chamade, elle lui adressa un regard suppliant.

— Laissez-moi, Alex, je vous en prie.

— Pas avant d'avoir fait cela…

Sur ces paroles, il la prit dans ses bras pour l'embrasser avec une passion confinant à l'extase. De nouveau assaillie par un désir d'une violence extrême, elle s'agrippa au cou de son compagnon en gémissant faiblement. Lorsqu'il la relâcha enfin, il porta la main de Beth à ses lèvres. Ce geste délicieusement désuet la bouleversa.

— Vous êtes si belle, si belle, murmura-t-il d'une voix émue.

— Partez…, dit-elle, la gorge nouée par l'émotion.

— Je reviendrai dans une demi-heure… Vous allez me manquer, ma douce, mon ardente Bethany.

# 7.

Le long de la Moldau, le spectacle était saisissant. Une fine bruine imprégnait l'air, illuminant le pavé d'étonnants reflets argentés. Dans cette atmosphère humide, les ponts se découpaient moins nettement sur le reste du paysage. De l'autre côté de la rive, les clochers gothiques surgissaient de la brume, mystérieux et inquiétants. Jamais Prague n'avait semblé si romantique à Beth.

Quelques passants se réfugiaient, riant ou pestant, dans les cafés alentour. Des éclats de voix, étouffés par l'ondée, résonnèrent au loin, puis ce fut le silence.

Décidément, cette ville ne ressemblait à aucune autre. En l'espace de quelques heures, le soleil avait cédé la place à la pluie, la lumière à l'ombre. Mais derrière ce ciel de crépuscule, on devinait encore les lueurs du jour.

Beth se demandait encore ce qui l'avait poussée à accepter la proposition d'Alex. A son réveil le matin même, elle s'était pourtant promis de ne jamais le revoir. Mais bien sûr, elle ignorait alors qu'il allait la prendre en traître. Quant à ce qui s'était passé dans la chambre, mieux valait ne plus y penser. Une erreur, se dit-elle.

— Regardez le château, là-bas, déclara Alex en l'attirant contre lui pour lui montrer le monument.

Beth se rapprocha et ne broncha pas lorsqu'il enroula son bras autour de son épaule. Il faisait froid, après tout.

Ils déjeunèrent dans un petit restaurant typique dont Alex devait être un habitué. Le patron vint les saluer avec chaleur et les plaça à la meilleure table. Au grand dépit de Beth, le brave homme multiplia les allusions à leur égard.

— Je sens qu'il y aura bientôt un grand mariage ici, dit-il à Alex sur un ton jovial. Et ce ne sont pas les églises qui manquent dans le coin, ajouta-t-il à l'intention de Beth cette fois-ci.

Loin de chercher à le détromper, Alex se mit à rire de bon cœur.

— Pourquoi l'avez-vous laissé croire cela ? demanda-t-elle en sortant du restaurant.

— De quoi parlez-vous ? répondit-il, une lueur taquine dans les yeux.

Elle le fusilla du regard. Trop, c'était trop !

— Ne jouez pas les innocents ! Vous savez très bien ce que je veux dire.

— Le fait de l'avoir laissé imaginer que nous étions un couple, c'est ça ?

— Exactement.

— Est-ce si loin de la vérité ?

Elle manqua s'étrangler.

— Mais enfin, nous nous connaissons à peine ! protesta-t-elle.

Intérieurement, elle commençait à bouillir. Pourquoi jouait-il les amoureux transis avec elle ? Elle pouvait comprendre qu'il essaie de la séduire dans l'intérêt de sa famille, mais en suggérant davantage, il dépassait les bornes.

— Je veux rentrer à l'hôtel, annonça-t-elle brusquement. J'ai beaucoup à faire.

— Il est bien trop tôt, répondit-il en la retenant par le bras.

Droit devant eux, elle aperçut les contours du célèbre pont Charles aux soixante-quinze statues. A lui seul, ce sompteux monument incarnait l'âme de Prague et, de loin, il était déjà impossible de rester insensible à sa majesté. Beth eut l'intuition que ce lieu était de ceux qui ne s'oublient jamais.

— Suivez-moi, dit Alex.

Sans trop savoir pourquoi, elle obéit.

Lorsqu'ils arrivèrent enfin sur le pont déserté par les passants, Beth ressentit une violente émotion. Par sa poignante beauté, le monument lui fit monter les larmes aux yeux. Dans un silence partagé, ils commencèrent la traversée, s'arrêtant quelques minutes devant chaque statue.

— Un jour, mon grand-père m'a confié que dans les moments les plus sombres de son existence, l'image de ce pont ne l'avait jamais quitté.

La voix d'Alex, douce et calme, émut profondément Beth. C'était la première fois qu'il parlait depuis de longs instants, mais elle se sentait étrangement en accord avec lui. Comme si le silence les avait rapprochés au lieu de les séparer.

— Parlez-moi de votre grand-père.

Le sourire d'Alex la fit fondre. Tandis qu'il lui racontait la vie mouvementée de son aïeul, la pluie redoubla d'intensité.

— Vite, par ici, ordonna-t-il en désignant une alcôve abritée à quelques mètres.

Docile, elle lui emboîta le pas. Une fois à l'abri, Alex chercha son regard. Consciente de la tension qui venait de s'abattre sur eux, elle sentit les battements de son cœur s'accélérer.

— Beth…, je sais qu'il est probablement trop tôt pour parler de cela, mais je crois que je suis…

Il s'arrêta et planta son regard dans le sien.

— C'est fou, je sais, mais je suis tombé amoureux de vous.

— Non ! s'écria Beth dans un élan de panique. Non, je ne vous crois pas, ce n'est pas possible. Je vous interdis de répéter une chose pareille.

Un voile de larmes lui brouilla la vue. Paniquée, elle se rua hors de l'alcôve et remonta le pont en courant.

La voix d'Alex, assourdie par l'averse, lui parvenait au loin.

— Beth ! Beth, revenez !

Refusant de se retourner, elle s'obstina dans sa course, jusqu'à ce que, trop essoufflée pour aller plus loin, elle soit contrainte de s'arrêter sous une statue. Là, elle donna libre cours à son chagrin. Décidément, l'histoire se répétait avec une précision de métronome. Il n'avait fallu que quelques jours à Julian pour se déclarer, et voilà qu'Alex adoptait la même stratégie.

— Beth !

La voix se rapprochait dangereusement, mais elle n'avait plus le courage de fuir.

— Laissez-moi, marmonna-t-elle lorsqu'il l'eut rejointe.

— Non, répondit-il d'une voix douce. Ne restez pas là, venez…

Beth connaissait suffisamment la ville à présent pour comprendre qu'il la raccompagnait à l'hôtel. Rassérénée, elle se laissa guider sans dire un mot. La déclaration d'Alex résonnait encore dans sa tête. « Je suis amoureux de vous », avait-il dit. Enfin, comment osait-il galvauder le sens de ces paroles ?

Elle n'avait qu'une hâte à présent, se retrouver seule dans sa chambre d'hôtel, à l'abri du regard de cet homme. Elle ignorait encore s'il insisterait plus longtemps, mais une chose était sûre : elle ne devait plus le voir si elle ne souhaitait pas souffrir.

Souffrir ? Ce mot résonna étrangement en elle. Pourquoi souffrirait-elle ? Elle n'éprouvait aucun sentiment pour Alex ! Sans doute confondait-elle souffrance et frustration. Leur étreinte interrompue du matin l'avait laissée insatisfaite, c'était aussi simple que cela. Aucun homme avant lui n'avait éveillé ses sens. Peu habituée à la terrible morsure du désir inassouvi, elle ne savait plus trop où elle en était.

De sentiments, il n'était nullement question, ça non ! L'amour, elle en était revenue… et pour de bon.

Lorsqu'ils arrivèrent à la porte de l'hôtel, Beth voulut se précipiter à l'intérieur, mais Alex la retint par la main.

— Ce n'est pas par ici, dit-il en la guidant jusqu'au parking.

Beth essaya de protester. En vain. D'une main douce, mais ferme, il la fit entrer dans sa voiture.

— Puis-je savoir où nous allons ? s'enquit-elle sèchement dès qu'il eut pris place au volant.

— Ne soyez pas impatiente, vous verrez.

Interceptant son regard offusqué, il ajouta avec un clin d'œil :

— C'est une surprise…

Une surprise ? Voilà qui n'augurait rien de bon.

— Ça tombe mal. J'ai horreur des surprises.

— Je suis sûr du contraire !

— J'espère que ce n'est pas une de vos combines pour me forcer à rencontrer votre cousin. Parce que si c'est le cas, laissez-moi vous dire que je ne marche pas.

— Non, ce n'est pas une combine, Beth ! s'exclama-t-il, visiblement agacé cette fois-ci. Pourquoi êtes-vous toujours si méfiante ? C'est à cause de cet homme, n'est-ce pas ? Vos blessures ne sont pas encore refermées.

— Je vous défends de dire ça ! s'insurgea Beth. Sachez, pour votre gouverne, que je n'ai jamais aimé cet escroc. Et si je suis méfiante avec vous, n'essayez pas de rejeter la faute sur les autres !

— Puis-je savoir ce que vous me reprochez exactement ?

— C'est très simple, depuis mon arrivée ici, vous ne cessez de me flatter. Il est normal que je sois sur mes gardes ; vous essayez de me séduire.

— C'est un crime en effet, ironisa-t-il avant d'ajouter d'une voix plus douce : Admettons que j'essaie de vous séduire, en quoi cela fait-il de moi un homme indigne de confiance ?

— Je n'ai pas envie de discuter de cela, répondit-elle dans un soupir. Où allons-nous ?

— Vous verrez… Mais n'essayez pas de changer de sujet. Parlez-moi de vous, Beth.

— Il n'y a rien à dire, répondit-elle d'une voix tremblante. Je ne suis pas une personne particulièrement intéressante.

— A mes yeux, si.

Il semblait si sincère que Beth sentit sa volonté faiblir.

Sans trop savoir pourquoi, elle se mit à parler de son enfance et de sa famille.

— Votre famille me rappelle la mienne, commenta-t-il en souriant lorsqu'elle eut fini son récit. Pour ma mère, rien n'est plus important que le sens de la famille. Elle a toujours beaucoup souffert d'être séparée de ses proches qui vivaient encore en République tchèque.

La ville était loin derrière eux à présent. La route qu'ils venaient d'emprunter grimpait le long d'une colline dont le sommet disparaissait derrière les nuages. La pluie tombait, de plus en plus drue, et l'on entendait au lointain des roulements de tonnerre.

— La météo n'avait pas prévu ça, marmonna Alex en ralentissant. Ce tronçon de route est quasiment impraticable.

— Nous ferions peut-être mieux de rebrousser chemin, suggéra-t-elle avec espoir.

— Non, je vais me débrouiller.

Elle n'avait toujours pas la moindre idée de l'endroit où ils se rendaient. De temps à autre, ils traversaient de petits villages perdus au milieu de nulle part.

— Toutes les lumières sont éteintes, fit-elle remarquer. On dirait que personne n'habite ici… C'est un peu lugubre.

— Ces villages sont peuplés pourtant. Mais la plupart des habitants travaillent en ville durant la semaine. Ils reviennent chez eux pour le week-end.

La route montait de plus en plus. Les yeux rivés à la vitre, Beth essayait de discerner les contours du paysage dans la brume. Un long soupir lui échappa.

— N'ayez pas l'air inquiet, voyons, la taquina Alex. Vous êtes en sécurité avec moi… En revanche, et vous m'en voudrez peut-être de remettre ça sur le tapis, vous auriez eu de bonnes raisons de vous inquiéter si vous aviez suivi cette marchande ambulante.

*Si* ? Mal à l'aise, Beth regarda droit devant elle. Manifestement, il imaginait qu'elle ne songeait plus à visiter la mystérieuse cristallerie dont lui avait parlé la vieille femme de la place Wenceslas. Elle jugea préférable de ne pas rebondir sur le sujet.

— Ce n'est plus très loin à présent.

Lorsqu'ils arrivèrent au sommet de la colline, Beth poussa un petit cri d'effroi. Ils allaient redescendre à présent et la pente de la route était exagérément raide. Tout en bas, elle crut discerner un torrent.

— Faites attention, murmura-t-elle.

— N'ayez crainte, je connais cette route comme ma poche. Mais à partir de maintenant, je ne veux plus vous entendre. Fermez les yeux !

— Pourquoi ?

— Plus un mot ! Nous y sommes presque.

Un éclair taillada le ciel à ce moment-là et Beth ferma instinctivement les yeux. Derrière ses paupières, il lui semblait percevoir l'éclat de la foudre.

— Où allons-nous ? gémit-elle plaintivement.

— Vos yeux sont toujours fermés, j'espère ?

Beth hocha la tête en silence. La voiture ralentit de plus en plus.

— Vous pouvez ouvrir les yeux ! annonça triomphalement Alex en arrêtant le véhicule quelques dizaines de mètres plus loin.

En ouvrant les yeux, Beth ressentit un choc. Après un voyage pareil, elle ne s'était pas attendue à découvrir une telle merveille.

— On dirait un château..., murmura-t-elle avec admiration.

— C'est un château, répondit-il.

Médusée, elle contempla les lieux avec admiration. Les murs en pierre, troués de minuscules fenêtres, dégageaient une impression de noblesse austère. Le bâtiment se composait d'une gigantesque façade et de deux ailes attenantes. A la jonction des différentes parties du château s'élevaient deux tours élancées.

— Où sommes-nous ? s'enquit-elle nerveusement.

— Pour le savoir, il vous faudra entrer. Voulez-vous me suivre ?

Elle opina de la tête. Cette fois-ci, il avait réussi à piquer sa curiosité. Lorsqu'elle ouvrit la portière, une bourrasque de pluie s'engouffra dans la voiture.

— Abritez-vous sous ma veste, proposa Alex en lui tenant la portière.

Le château était bâti au sommet d'une colline, si bien que ses deux tours émergeaient de la brume. Par temps clément, la vue devait être magnifique, mais sous cet orage d'apocalypse, l'ensemble était plutôt intimidant.

— Dépêchez-vous, par ici…

En approchant des lourdes portes de bois de l'entrée, Beth ressentit une appréhension soudaine.

— Pourquoi m'avez-vous emmenée dans cet endroit ?

A son grand étonnement, Alex sortit une clé de sa poche et ouvrit la porte massive de la demeure. Dès qu'ils furent à l'abri, elle balaya du regard le grand hall. Les murs en pierre, les candélabres et l'immense cheminée centrale étaient dignes d'un conte de fées. Malheureusement, l'air était encore plus froid qu'à l'extérieur.

— Ouf…, dit Alex. Je n'avais pas prévu ce temps exécrable en planifiant cette excursion. Mais suivez-moi, je vous en prie.

Au bout du hall, ils empruntèrent un corridor biscornu qui menait à un escalier de pierre en colimaçon. Les hautes marches étaient éclairées avec parcimonie par d'anciennes appliques en fer forgé. La plupart des ampoules vacillaient, menaçant visiblement de s'éteindre d'un instant à l'autre.

Où pouvait bien conduire cet étrange escalier ? se demanda Beth, frappée par l'atmosphère irréelle du lieu.

Quelques marches plus haut, ils arrivèrent au premier étage : une vaste antichambre recouverte d'un parquet ancien.

— Nous voici dans la partie la plus moderne du château, annonça Alex. Elle a été construite en 1760 par un de mes ancêtres dont le nom m'échappe. Ma tante est très en colère chaque fois que je fais étalage de mes lacunes sur l'histoire de la famille. Elle croit que je ne prête pas attention à ce qu'elle dit !

— Votre tante ! s'exclama Beth. Ne me dites pas que ce château appartient à votre famille !

Fronçant les sourcils, elle se souvint qu'il lui avait parlé d'un château familial le jour de leur rencontre. Elle n'y avait pas prêté attention alors, imaginant qu'il s'agissait d'un manoir amélioré.

— Gagné ! répondit-il en souriant.

— Mais c'est un vrai palace !

— Oh, vous savez, ce n'est pas si rare par ici. Certaines familles ont récupéré plusieurs châteaux de ce type après la révolution. Heureusement, nous n'en possédons qu'un. Je dis « heureusement » car les frais d'entretien sont colossaux, comme vous pouvez l'imaginer. Dans son malheur, ma famille a eu beaucoup de chance si l'on peut dire.

— De la chance ?

— Oui, car le château n'est jamais resté vide. Plusieurs membres du gouvernement s'y sont succédé pendant des années. Nous l'avons retrouvé tel quel. Bien entendu, les pièces de grande valeur avaient disparu — des meubles anciens et des tableaux de famille essentiellement.

— Quel dommage…, murmura Beth avec compassion.

— Je vais vous faire faire le tour du propriétaire. Une grande partie de la décoration est d'inspiration vénitienne, vous verrez.

Peinant toujours à croire que ce somptueux château appartenait à la famille d'Alex, Beth le suivit sans mot dire.

En traversant les salons en enfilade, elle eut l'impression d'accomplir un voyage dans le temps. Ce n'était pas la première fois qu'elle visitait un château, mais le style de celui-ci ne ressemblait à aucun autre. La profusion d'ornements et les extravagantes fresques rococo lui arrachèrent des cris de surprise.

Dans le plus grand salon, Alex lui demanda de lever les yeux au plafond. Relevant la tête, elle découvrit un somptueux lustre en cristal.

— Oh, quelle merveille ! s'extasia-t-elle.

— Oui, c'est ce qui a permis à ma famille de s'installer

dans le château. Mes ancêtres fabriquaient des lustres pour la cour des Habsbourg.

— Votre famille habite toujours ici ?

— A l'occasion, oui. Mais ces pièces sont utilisées pour les grandes occasions uniquement. Les membres de ma famille vont et viennent au gré de leurs envies. Durant la semaine, ma tante et mon cousin habitent un appartement à Prague… Tenez, voici le salon que nous utilisons en temps normal.

Il la fit entrer dans une pièce aux élégantes proportions, décorée avec soin elle aussi, mais beaucoup plus simplement. En repensant au petit escalier en colimaçon qu'ils avaient emprunté au début, Beth ne put s'empêcher de sourire. Décidément, ce château n'avait pas fini de la surprendre.

— Y a-t-il quelqu'un en ce moment ? s'enquit-elle avec curiosité.

— Non… Vous avez froid ?

— Un peu.

— Je vais faire du feu. Asseyez-vous, je vous en prie.

S'agenouillant près de l'âtre, Alex fit craquer une allumette.

— Ma tante aurait dû être là, mais la cristallerie vient d'être cambriolée, expliqua-t-il en attisant les flammes.

— Mon Dieu ! Ce n'est pas trop grave, j'espère ?

— Hélas si, et ma tante est désespérée. Les objets qui ont été dérobés étaient des antiquités de grande valeur ; c'est une perte inestimable. La pauvre femme s'en veut terriblement. Cela faisait plusieurs mois que mon cousin la pressait de moderniser le système de sécurité. Il avait raison. La cristallerie possédait une collection de verres datant du XVIIe siècle. La plus grande partie a disparu.

— Quelle horreur ! Cela dit, pourquoi votre tante refusait-elle d'installer un système d'alarme ?

Alex haussa les épaules en soupirant.

— C'est une femme adorable, mais un tantinet vieille école. Elle voulait attendre que notre gardien parte à la retraite, de crainte qu'il ne se sente dévalorisé. Aujourd'hui, elle regrette amèrement de ne pas avoir été plus sage. Non seulement les verres ont disparu, mais le pauvre Peter — le gardien — est à l'hôpital avec un traumatisme crânien. Les cambrioleurs l'ont assommé.

— Oh, non ! s'exclama Beth, atterrée. Va-t-il s'en remettre ?

— Nous l'espérons. Ma tante refuse de quitter Prague tant qu'il ne se sera pas remis de ce choc.

— Sait-elle que vous m'avez invitée ici…, je veux dire, chez elle ?

— Pour tout vous avouer, c'est elle qui m'a suggéré de le faire.

— Pourquoi ?

— Elle est très fière de nos traditions familiales et de cet endroit.

— C'est compréhensible.

Le feu avait commencé à réchauffer la pièce, mais au-dehors l'orage avait repris de plus belle. De temps à autre, des éclairs déchiraient le ciel, précédés de roulements de tonnerre. L'un d'entre eux, plus assourdissant que les autres, fit sursauter Beth.

— Ne vous inquiétez pas, dit Alex sur un ton rassurant. Ici, nous sommes en sécurité. A propos, que diriez-vous de manger quelque chose ?

A sa grande surprise, Beth découvrit qu'elle était affamée.

— Avec plaisir, répondit-elle en souriant.

— Dans ce cas, attendez-moi. Je ne serai pas trop long.

En l'absence d'Alex, le regard de Beth fut attiré par les photos de famille posées sur la commode. Le visage de l'une des femmes lui était étrangement familier. Prenant le cadre pour l'étudier de plus près, elle poussa un petit cri de stupeur.

Au retour d'Alex, elle le tenait encore à la main.

— Votre tante ? demanda-t-elle en lui montrant le cliché.

— Oui. Comment l'avez-vous deviné ?

— Un petit air de famille, répondit-elle avec un flou délibéré.

En fait, elle venait de reconnaître la femme élégante aperçue au bras d'Alex à la sortie du théâtre. Bien sûr, elle n'avait pas l'intention de lui révéler ce qu'elle avait cru alors. A aucun moment elle n'avait imaginé que cette belle quinquagénaire pouvait faire partie de sa famille !

— Je rapporte notre pique-nique ! annonça Alex en posant un panier sur la table basse.

A ce moment, la foudre déchira de nouveau le ciel et toutes les lumières s'éteignirent.

— Il fallait s'y attendre ! s'exclama-t-il. Ne vous inquiétez pas, ma tante garde un stock de bougies dans chaque pièce. Dans cette région, l'installation électrique laisse souvent à désirer et l'orage n'arrange pas les choses.

Immobile dans la pénombre, Beth l'entendit ouvrir un tiroir. Il installa les bougies sur les chandeliers de la cheminée qu'il posa ensuite sur la table basse. A l'exception de ce petit halo de lumière, la pièce était entièrement plongée dans l'obscurité.

— Nous allons dîner ici, si vous n'y voyez pas d'inconvénient.

La lumière diffuse des bougies semblait caresser le beau visage d'Alex. Troublée par l'intimité que l'obscurité venait d'instaurer entre eux, Beth alla se poster à la fenêtre. La brume était si dense que l'on y voyait à peine à quelques mètres.

Comment allaient-ils rentrer ? Etait-il seulement prévu qu'ils rentrent ?

— Alex, ne croyez-vous pas qu'il serait plus sage de retourner à Prague ?

— Pourquoi ? répondit-il en venant la rejoindre. De quoi avez-vous peur ? De moi peut-être ?

— Bien sûr que non ! se récria-t-elle sans parvenir à le regarder dans les yeux.

En proposant de rentrer, elle avait sincèrement pensé aux conditions météorologiques, mais en interprétant différemment sa suggestion, Alex l'avait déstabilisée. Après tout, n'éprouvait-elle pas un désir de fuir ? Ne craignait-elle pas de passer plusieurs heures en sa compagnie dans cet immense château désert ?

Pas si sûr… Au contraire, la tension érotique qui venait de naître entre eux était loin de lui déplaire.

Ils étaient seuls dans un lieu hors du temps. Au-dehors, les éléments déchaînés se rendaient complices de leur solitude. Les crépitements du feu et la lumière tremblante des bougies ajoutaient au romantisme de la situation.

— Non, je n'ai pas peur de vous, répondit-elle à mi-voix.

— Et de ça ? demanda-t-il en l'attirant dans ses bras.

L'instant d'après, elle sentit la douceur de ses lèvres contre les siennes. Son baiser fut doux, presque respectueux. Assaillie par un flot de sensations délicieuses, elle entrouvrit les lèvres en gémissant. Ils s'embrassèrent alors avec une ardeur passionnée qui la laissa chancelante.

— Nous devrions rentrer, murmura-t-elle entre deux baisers.

— Non, il est trop tard, répondit-il d'une voix rauque en caressant ses lèvres du bout des doigts.

Comprenant qu'il ne parlait pas seulement du trajet en voiture, Beth sentit les battements de son cœur s'accélérer.

— Je croyais que nous devions dîner, lui rappela-t-elle pour gagner du temps.

— Vous avez faim ?

Voyant qu'il n'était pas dupe de ce subterfuge, elle se sentit rougir jusqu'aux oreilles.

— Vous avez raison, notre repas nous attend. Allons nous asseoir près du feu.

Lui offrant le bras, il la conduisit près de l'âtre. Elle n'avait pas l'habitude d'être traitée avec autant d'égards. Un peu déboussolée, elle dut reconnaître que c'était très agréable. Pourtant elle ne devait pas oublier que ces démonstrations de tendresse n'étaient pas sincères. Alex la désirait, certes, mais son intérêt pour elle s'arrêtait là. Elle ne devait surtout pas se laisser gagner par le romantisme de ce dîner improvisé.

Il installa le panier devant la cheminée et disposa deux coussins moelleux de part et d'autre.

— Nous aurons plus chaud par terre, dit-il en ouvrant le panier. Voilà… un vrai pique-nique !

Médusée, elle le vit sortir assiettes, couverts, serviettes en tissu brodé et une bouteille de vin.

— Où avez-vous trouvé tout cela ?

— J'avais passé ma commande à l'hôtel, expliqua-t-il avec un sourire satisfait.

— Je vois que vous aviez tout prévu, fit-elle remarquer sur un ton narquois.

— Et comment ! Etes-vous tentée par du poulet froid ? s'enquit-il en lui présentant un pilon. Allez-y, mordez, c'est excellent.

Elle avança délicatement les lèvres pour goûter.

— Délicieux…, murmura-t-elle en plantant son regard dans le sien.

Il était si sensuel de se laisser nourrir de la sorte que Beth n'essaya même pas d'attraper le pilon.

— Je suis heureux que vous ayez si bon appétit, déclara-t-il, un éclat mutin dans le regard.

De quoi parlait-il ? Croyant percevoir un sous-entendu dans ses propos, Beth sentit ses joues s'empourprer.

— Un bon repas est un prélude à l'acte amoureux, poursuivit son compagnon.

— J'ai peur de ne pas comprendre…

Alex se mit à rire doucement.

— Vous m'avez parfaitement compris au contraire. A vous voir déguster ce morceau de poulet avec tant de plaisir, je devine que vous êtes une femme sensuelle et raffinée. Faire l'amour, c'est savourer intensément chaque instant, offrir du plaisir, et *son* plaisir, à l'autre. C'est ainsi que je voudrais vous faire l'amour ; goûter chaque parcelle de votre corps, doucement, passionnément…

— Arrêtez, Alex.

— Vous donner du plaisir…

L'avait-il invitée chez lui dans le but de la séduire et de lui faire l'amour ? Si tel était le cas, il n'aurait pu choisir un cadre plus romantique.

Il leur servit bientôt du vin.

— A nous, dit-il en levant son verre.

Les joues en feu, elle porta le breuvage à ses lèvres. Son goût puissant lui monta aussitôt à la tête. Après avoir bu une nouvelle gorgée, elle passa machinalement la langue sur ses lèvres. A la lumière du feu, elle vit le regard d'Alex s'obscurcir.

— J'ai soif de vous, murmura-t-il sans la quitter des yeux.

Captive de ce regard incendiaire, elle reposa doucement le verre sur le sol. Comme dans un rêve, elle le vit s'approcher.

— Non, je vous en prie…, balbutia-t-elle avant que ses lèvres ne viennent capturer les siennes.

Elle se sentit chavirer et baissa les paupières. Mue par un violent désir, elle se plaqua farouchement contre lui tandis que leurs langues se mêlaient dans un baiser fougueux.

Dans un ultime éclair de conscience, elle se jura de rester maîtresse d'elle-même et de ne pas se leurrer sur la nature de cette étreinte. Il ne s'agissait que d'une attirance sexuelle, se rappela-t-elle avec l'énergie du désespoir.

Alex s'arracha à elle pour se débarrasser de ses vêtements.

Tremblant de désir, elle admira la splendeur de son corps puissant qui, à la lumière caressante des flammes, prenait un éclat d'airain.

Nu, il ressemblait à un prince féodal dans toute sa puissance. Dans ses bras, elle était la victime consentante de son ardeur.

Avec une infinie lenteur, il fit glisser les bretelles de sa robe sur ses épaules, tout en semant de petits baisers à la naissance de son cou. Puis ses doigts dégrafèrent fébrilement l'attache de son soutien-gorge, libérant sa poitrine de son écrin de dentelle. Epousant de ses mains l'arrondi d'un sein, il en caressa délicatement la pointe, arrachant à Beth un gémissement étouffé. Consumée de désir, elle rejeta la tête en arrière pour mieux lui offrir sa gorge. Lorsque les mains d'Alex taquinèrent ses tétons durcis par l'excitation, elle crut défaillir.

— C'est si bon…, murmura-t-elle.

Libérée de tout scrupule, elle cambra le buste pour mieux accueillir l'onde de plaisir qui soulevait ses sens. Fière du regard de feu qu'Alex posait sur son corps, elle se sentit gagnée par une ivresse inédite.

— Alex…

Ses paroles moururent sur ses lèvres. Alex venait de pencher la tête sur sa poitrine pour embrasser ses seins. Au contact de sa langue, un plaisir inouï déferla sur elle comme un raz-de-marée sur une île.

— Oh, oui…, l'encouragea-t-elle d'une voix vibrante.

Ne lui laissant pas de répit, il intensifia ses caresses et mordilla délicatement les bourgeons gorgés de désir. Beth ne put contenir les petits cris de volupté qui lui échappaient.

Dans cette forteresse d'une autre époque, elle perdait peu à peu la notion de son identité. Elle était une femme, il était un homme. En cet instant magique, cette évidence seule subsistait. Leurs noms, leurs professions, l'histoire de leurs vies n'importaient plus.

Il aurait pu être un guerrier victorieux célébrant avec sa femme la joie d'être encore en vie. Elle aurait pu être une jeune vierge tout juste épousée frémissant à l'idée de s'offrir pour la première fois.

Au cours des siècles, bien des amants avaient dû s'aimer dans ce château. Sur le point de s'adonner au plaisir, Beth pouvaient quasiment sentir leur présence. Ils étaient revenus hanter ces lieux pour célébrer son union charnelle avec Alex.

— Sais-tu seulement à quel point je te désire ? murmura-t-il en capturant de nouveau ses lèvres.

En entendant ces paroles, Beth se sentit submergée par l'émotion. Alex incarnait tout ce dont elle avait toujours rêvé : un amant aussi romantique que passionné, assumant pleinement la force de son désir pour elle.

— Je suis tombé amoureux de toi au premier regard, poursuivit-il en mordillant délicatement le lobe de son oreille.

*L'amour au premier regard, le coup de foudre…*

Le cœur de Beth se serra. Le vin avait-il endormi sa raison ? En tout cas, pour la première fois, elle fut tentée de croire Alex.

— Nous nous connaissons à peine, protesta-t-elle faiblement.

— Peu importe, dit-il en posant un doigt sur ses lèvres. Quand je t'ai vue, j'ai eu l'impression de te connaître depuis toujours, de t'avoir attendue toute ma vie… Nous étions prédestinés.

— Prédestinés…, reprit-elle, fascinée par le pouvoir hypnotique de ce mot.

— Je sais que je t'aime… et je te sens palpiter de plaisir chaque fois que je te touche.

Un son étouffé sortit de la gorge d'Alex ; sans attendre, il prit son visage en coupe entre ses mains pour embrasser ses lèvres déjà gonflées d'impatience.

Lorsque, plus tard, sa main remonta le long de sa cuisse, elle retint son souffle dans l'attente de sensations plus aiguës encore. Les doigts d'Alex se mêlèrent enfin aux boucles de sa toison, lui arrachant une longue plainte de volupté. Délicatement, il frôla les pétales de sa féminité qui s'ouvrirent comme une fleur sous sa caresse brûlante. Ce contact, à peine esquissé, l'excitait et le frustrait en même temps. La sensation était si légère, mais si vive qu'elle en devenait douloureuse.

Incapable de contrôler davantage ses réactions, elle écrasa sa bouche contre l'épaule d'Alex et le mordit malgré elle. Le souffle rauque, il poursuivit son exploration et lui prodigua des caresses de plus en plus audacieuses. Beth se tendit vers lui de tout son corps.

— Tu me rends fou, dit-il en grognant de plaisir. Sens comme je te désire… Touche-moi.

Enhardie par cette invite, elle posa les deux mains sur son torse de bronze. Timidement, elle les laissa glisser le long de son ventre en retenant son souffle, et sentit sous ses doigts les muscles virils se contracter. Levant les yeux vers lui, elle constata que les traits de son visage s'étaient tendus.

Le corps d'Alex n'avait rien à envier à celui d'une statue, mais sa plastique était plus douce. Beth n'avait jamais compris les hommes qui éprouvaient le besoin de développer exagérément leur musculature, au mépris de tout souci esthétique. Naturellement viril et sensuel, Alex n'était pas de ceux-là.

— Continue…, l'encouragea-t-il en fermant les yeux.

Le cœur battant à tout rompre, elle aventura ses doigts plus bas jusqu'à frôler son sexe durci. Envoûtée par l'intensité mâle de son désir, elle se sentit frémir des pieds à la tête. Elle le désirait tant !

— Alex…

— Bientôt, bientôt, répondit-il d'une voix douce. Allons jusqu'au bout de notre patience.

Il s'étendit sur elle et s'empara de sa bouche dans un baiser impérieux. Descendant le long de sa gorge et de ses seins, il plaça enfin sa tête entre ses cuisses qu'elle écarta légèrement. Les hanches cambrées vers lui, elle s'offrit sans retenue à cette caresse intime qui la transporta hors d'elle-même. Les doigts enfoncés dans sa chevelure, elle prononça son nom d'une voix faible.

— Tu me fais perdre la raison ! dit-il en relevant la tête.

Il s'allongea alors sur elle puis souleva délicatement ses fesses. Tandis qu'elle enroulait ses jambes autour de sa taille, il la pénétra en poussant un soupir de plaisir.

— Jamais je n'avais ressenti cela, l'entendit-elle murmurer.

Un plaisir d'une intensité folle déferla sur elle. Au plus profond d'elle-même, sa chair palpitait d'impatience.

— Tu es si douce, si ardente… Je ne sais pas comment je vais tenir…, gémit-il douloureusement.

Unis par une même ardeur, ils accordèrent instinctivement leurs mouvements, chacun donnant libre cours à la passion qui le consumait. Ivre de volupté, Beth posa les mains sur les hanches de son amant pour mieux l'accompagner en elle.

Dans le lointain, elle entendit un éclair déchirer le ciel. Au même moment la tension qui montait du plus profond d'elle-même menaça d'exploser. Sur le point de succomber à l'extase, elle plaqua une dernière fois son ventre contre les hanches d'Alex.

— Oh mon Dieu ! Alex, c'est si bon…

Sa phrase s'acheva dans un soupir d'abandon. Un feu d'artifice explosa au creux de sa féminité, ébranlant tout son être. Au même moment, elle sentit Alex tressaillir en elle.

Pendant l'extase, leurs regards ne se quittèrent pas.

Lorsqu'ils revinrent à eux, de longues minutes plus tard, Alex se tourna vers elle en souriant.

— Comprends-tu pourquoi je t'aime à présent ? demanda-t-il en lui baisant le front.

Un sourire radieux éclaira le visage de Beth.

— Cet endroit est merveilleux, murmura-t-elle. J'ai l'impression de me retrouver dans un conte de fées.

— Un conte de fées ? reprit-il en dardant sur elle un regard lourd de sous-entendus.

— Euh… oui. Ce château est magnifique. Je n'en avais jamais vu de semblable. Quant aux meubles anciens…

Elle n'acheva pas sa phrase, consciente du léger ridicule de ses propos. Il est vrai qu'elle se sentait un peu gênée à présent et que tout sujet de conversation était le bienvenu pour la tirer de l'embarras.

— Si tu aimes les meubles anciens, il faut absolument que tu visites l'appartement de ma tante à Prague. Et puis… j'aimerais beaucoup te présenter ma famille.

— Je ne crois pas que ce soit une bonne idée, répondit-elle, en proie à une appréhension subite.

— Bien au contraire. D'ailleurs, ma tante possède une belle collection de verres en cristal du XVII$^e$ siècle. Je suis sûr qu'elle serait ravie de te les montrer et d'organiser une petite visite à la cristallerie.

— Non !

Ce cri de détresse et de colère lui avait échappé. La proposition d'Alex l'avait glacée jusqu'aux os. Les doutes dont elle avait fini par se débarrasser l'assaillaient de nouveau.

La vérité, l'âpre vérité, éclatait au grand jour. Si Alex l'avait invitée dans ce cadre de rêve, c'était pour mieux la convaincre de conclure un marché avec sa famille. Et dire qu'elle avait presque cru qu'il l'aimait! Une fois de plus, elle avait été victime de sa naïveté. L'histoire se répétait, inexorable et cruelle.

Julian, lui aussi, s'était servi de sa vulnérabilité, mais au moins avait-il eu la décence de ne pas coucher avec elle.

— Non? s'étonna Alex. Enfin, Beth, je ne te comprends pas. Que se passe-t-il? Sais-tu que les verres que tu admirais l'autre jour dans la boutique de l'hôtel étaient…

— Horriblement chers, coupa-t-elle sèchement. Ne t'inquiète pas pour moi: j'ai déjà trouvé un fournisseur, au prix qui me convient.

— Tu ne parles tout de même pas de cette marchande de la place Wenceslas! s'exclama-t-il en la dévisageant avec incrédulité. Nous étions convenus que tu ne la reverrais plus!

Quel toupet! Jamais elle n'avait dit une chose pareille!

— Ton imagination te joue des tours, ma parole. Nous n'avions rien décidé du tout. C'est toi qui te mets martel en tête à ce sujet.

— Je n'arrive pas y croire…, dit-il en poussant un soupir exaspéré. Tu ne comprends pas que c'est dangereux? Dan-ge-reux?

— Quel cinéma!

— Je t'assure, Beth, cette femme essaie de t'arnaquer. Cette cristallerie miracle n'existe pas, un point c'est tout.

Furieuse et butée, elle garda le silence.

— Ecoute, dit-il en se radoucissant. Les verres dont tu rêves sont extrêmement rares. Seules quelques cristalleries sont capables de réaliser un travail de cette qualité. Je suis bien placé pour le savoir puisque mon cousin possède l'une d'elles.

— Encore ton cousin! Quand cesseras-tu de me rebattre les oreilles avec lui!

— Mais enfin, pourquoi une cristallerie de renom ferait-elle appel aux services des marchands de rue? Tu devrais comprendre que ça n'a pas de sens.

— Je veux partir, dit-elle en se levant subitement.

Des larmes de rage lui brûlaient les yeux, mais elle s'efforça d'arborer l'air le plus digne possible.

— Tu t'es trompée de proie, Alex, lâcha-t-elle d'une voix sourde. Pas de chance pour toi, je suis déjà passée par là. Tout ceci…

Elle balaya de la main l'ensemble de la pièce.

— Tout ceci était destiné à me persuader de passer commande chez ton cousin. Je ne suis sans doute pas ta première victime… ni la dernière, j'imagine. Mais à la différence des autres, j'ai tout de suite vu clair dans ton petit jeu. Tu pensais te servir de moi, hein ? Eh bien pendant tout ce temps, c'est moi qui t'ai utilisé.

Sur ces paroles définitives, elle se rhabilla. D'une main tremblante, elle rajusta les mèches folles qui lui barraient la vue.

Alex la regarda faire en silence. Du coin de l'œil, elle crut percevoir une expression de douleur sur son visage. *Ne te laisse pas attendrir*, s'ordonna-t-elle.

— Comment peux-tu imaginer une chose pareille ? demanda-t-il en lâchant un rire sans joie. Racoler pour mon cousin est bien la dernière chose que j'aie en tête ! D'ailleurs, il n'en a pas besoin, sa cristallerie croule sous les commandes.

— Ah oui ? C'est un peu facile de prétendre une chose pareille à présent.

— Beth, tu te trompes. Je t'aime et j'ai compris que tu m'aimais lorsque nous avons fait l'amour.

— Il ne s'agissait pas d'amour, mais de l'assouvissement d'une pulsion.

— Alors, selon toi, ce que nous venons de partager était uniquement sexuel ?

— Oui.

Croyant discerner de la tristesse dans le regard d'Alex, elle sentit son cœur se serrer. *Trêve de sensiblerie, se morigéna-t-elle. Assène-lui ses quatre vérités et débarrasse-toi de lui pour toujours.*

— Je crois que ton cousin te paie pour appâter de nouveaux

clients. Je ne peux pas te reprocher d'avoir essayé avec moi
— c'est dans ton intérêt, après tout —, mais comprends
bien que je ne marche pas. Ma naïveté m'a suffisamment
joué de tours par le passé.

— Toujours cet homme, n'est-ce pas ? Si tu savais
comme je le hais et comme je voudrais apaiser ta douleur.
Mais j'ai besoin de savoir une chose… L'aimes-tu encore ?

— Qui ? Julian Cox ?

Elle prit l'air scandalisé.

— Jamais de la vie ! J'étais tombée amoureuse d'un
homme qui n'existait pas. Julian était exactement comme
toi. Il m'a séduite par intérêt. Mais, heureusement, lui n'a
pas essayé de coucher avec moi.

— Vous n'étiez pas amants ? demanda-t-il d'une voix
crispée.

— Non. Mais ne te fais pas d'idées : nous ne sommes
pas amants non plus. J'étais frustrée, c'est tout. Oh, je ne
regrette pas ce qui s'est passé, c'était très agréable…

Un voile sombre obscurcit le regard d'Alex.

— Non, Beth, tu ne peux pas dire ça.

— Ne sois pas triste, voyons ! Qui sait ? Je pourrais
peut-être passer une petite commande à ton cousin en guise
de dédommagement.

Elle avait conscience de tenir des propos odieux, mais
une force étrange la poussait à le faire. C'était un réflexe
de défense. La réaction d'Alex après leur étreinte l'avait
tant fait souffrir qu'elle tenait à restaurer le maximum de
distance entre eux.

— J'espère que tu ne penses pas ce que tu dis, dit-il
d'une voix sourde.

— Je pèse mes mots, répondit-elle en relevant la tête
d'un air de défi.

— Alors tu ne m'aimes pas ? s'enquit-il calmement.

Elle ferma les yeux et prit une inspiration profonde
avant de répondre.

— Non. Non, je ne t'aime pas.

Ses paroles se détachèrent nettement dans le silence de la

grande pièce. Sa voix avait un peu tremblé sur la fin, mais l'effet sur Alex n'en fut pas moins foudroyant.

Pendant quelques secondes, il la regarda sans mot dire, comme pour lui laisser le temps de se rattraper. Mais elle n'en fit rien.

— Je vois…, dit-il au bout d'une éternité. Dans ce cas, je ferais mieux de te raccompagner à Prague.

— Oui, c'est une excellente idée.

# 8.

— Que regardes-tu ?

Alex resta immobile tandis que sa mère s'approchait pour jeter un coup d'œil par-dessus son épaule. Il tourna la tête vers elle et surprit son expression désabusée.

— Tu penses toujours à elle.

Ce n'était pas une question, mais un simple constat. Triste et silencieux, il hocha la tête en silence. Puis il rangea la photo de Beth dans son portefeuille. Un cliché pris sur le pont Charles quelques semaines auparavant.

— Je suis désolé, mon chéri, murmura sa mère.

— Pas autant que moi, répondit-il d'une voix atone.

En apprenant qu'il venait d'obtenir une chaire d'histoire moderne à l'université, Alex avait écourté son séjour à Prague. A son retour chez lui, sa mère avait tout de suite senti que quelque chose ne tournait pas rond.

— Que se passe-t-il, Alex ? avait-elle demandé. Tu devrais sauter de joie à l'idée de ce nouveau poste qui t'attend.

Non sans réticence, il lui avait raconté toute l'histoire, concluant par ces mots :

— Je suis tombé amoureux d'une fille qui ne m'aime pas. Un scénario très banal en somme.

Sa mère avait tenté de le consoler, en vain. Rien ne pouvait effacer la douleur et la frustration qu'il ressentait.

— Je ne comprends pas qu'une femme puisse ne pas t'aimer, avait fini par lâcher sa mère, l'air scandalisé.

En d'autres circonstances, cette phrase aurait amusé Alex. Sa mère n'avait jamais cherché à le surprotéger, bien au contraire. En femme moderne et intelligente, elle avait toujours respecté la liberté de son enfant. Avec elle le mot « aimer » n'avait jamais rimé avec « étouffer ».

Bien entendu, il s'était bien gardé de préciser que Beth et lui avaient été amants ou, pour reprendre l'expression de cette dernière, « qu'ils avaient assouvi leurs pulsions sexuelles ensemble ». C'était son secret.

D'après Beth, ils avaient « couché ensemble ». Une expression bien vulgaire pour décrire ce qu'il avait ressenti en aimant cette femme. Car à ses yeux, ils avaient fait l'amour. Il s'était offert avec tout son corps et toute son âme.

Aujourd'hui encore, il peinait à croire qu'elle ait pris les choses de cette façon. Après cette ultime soirée, il l'avait raccompagnée à son hôtel. Dans la voiture, ils n'avaient pas échangé une seule parole. A quelques reprises, il avait été tenté de forcer son silence, mais chaque fois il s'était souvenu des petits mots qu'elle lui avait assénés : « Je ne t'aime pas. »

Pris de remords le lendemain matin, il s'était présenté à l'hôtel dans l'espoir de s'expliquer. Une tentative inutile puisque le directeur lui avait appris qu'elle était partie aux aurores sans laisser d'adresse.

De retour en Angleterre, l'idée de se rendre à Rye-sur-Averton lui avait plusieurs fois traversé l'esprit, mais sa fierté l'en avait dissuadé. Après tout, Beth lui avait fait comprendre sans ambages qu'il ne représentait rien pour elle. Il devait donc se résoudre à l'évidence : l'amour de sa vie lui avait échappé pour toujours. Pourtant, il aurait juré qu'elle l'aimait lorsque, anéantie de volupté, elle avait crié son nom dans un appel déchirant.

— Tu m'écoutes, Alex ?

L'apostrophe de sa mère le ramena subitement à la réalité. Un peu confus, il s'aperçut qu'elle lui parlait déjà depuis quelques minutes.

— Pardon, maman. Que disais-tu ?

— La fille de Lucy Withers vient de rentrer de Grèce. Je l'ai vue l'autre jour en passant chez Lucy, elle est vraiment délicieuse. Si je me souviens bien, elle te tournait autour autrefois, non ?

Un rire amer échappa à Alex.

— Bien essayé, maman ! Malheureusement, ça ne va pas marcher. On ne stoppe pas une hémorragie artérielle avec un simple pansement.

— J'essaie simplement de te distraire.

— Je sais, maman. Ne t'inquiète pas, va, ça finira bien par me passer.

Au regard compatissant que lui adressa sa mère, il comprit qu'elle n'en croyait pas un mot.

— Pourquoi n'essaierais-tu pas de retrouver cette femme ? suggéra-t-elle.

— Ça ne servirait à rien, répondit-il en haussant les épaules.

Ce qu'il garda pour lui, c'est qu'il ne pouvait se résoudre à l'idée d'être éconduit une seconde fois. La nuit, il se réveillait encore, hanté par les images de leur seule et unique nuit d'amour. Ce soir-là, dans le château, il avait entraperçu la possibilité du bonheur, et la chute avait été rude. Pourrait-il s'entendre dire une nouvelle fois qu'il était indésirable ? Non, il ne pourrait jamais le supporter.

— Si tu le dis…, murmura sa mère avant d'ajouter : Oh, j'allais oublier, ta tante a appelé. Bonne nouvelle : la police a retrouvé le service qui avait été dérobé.

— Tant mieux. Que s'est-il passé au juste ?

— C'est une histoire incroyable ! Les objets avaient été volés par un gang de malfrats qui les utilisaient pour appâter les touristes. Ils leur promettaient de fournir des modèles identiques, à condition de passer une commande importante. La police a découvert le pot aux roses quand des clients ont commencé à porter plainte. Au lieu de recevoir les merveilles promises, ils ont récupéré des verres d'une qualité médiocre… Alex ! Alex ! Où pars-tu comme ça ?

Sans répondre, Alex se précipita au-dehors et fit démarrer sa voiture en trombe. Tandis qu'il conduisait, son esprit fonctionnait à cent à l'heure. Et si Beth faisait partie des clients abusés ? se demanda-t-il avec angoisse.

Il devait en avoir le cœur net !

Fort heureusement, il n'habitait qu'à un petit quart d'heure de la maison de ses parents à Lexminster. A son retour de Prague, il avait emménagé dans un vaste appartement, au rez-de-chaussée d'un hôtel particulier de style edwardien.

— Que c'est beau ! s'était exclamée sa mère lors de sa première visite. Mais bien trop grand pour un célibataire.

— J'ai besoin de beaucoup d'espace, avait-il répondu en tâchant de prendre l'air dégagé.

En fait, les motivations de son choix étaient moins avouables. Il avait tenu à acquérir cet appartement car il lui rappelait le salon du château où il avait fait l'amour avec Beth. Pour cette raison, et pour cette raison seule, il avait signé l'acte de vente en un temps record.

Tous les soirs, il s'installait devant la cheminée pour se perdre dans la contemplation des flammes. Pourquoi se torturait-il de la sorte ? Il l'ignorait. Malgré lui, il revoyait le corps gracieux de Beth près de l'âtre. A plusieurs reprises, il avait été sur le point d'appeler une entreprise de bâtiment pour demander que la cheminée soit enlevée, mais une partie de lui-même s'y était toujours refusée.

Il se munit d'une carte routière et y jeta un coup d'œil rapide. Rye-sur-Averton n'était pas si loin : il ferait l'aller et retour sans difficulté. Inutile de préparer un sac.

Une demi-heure plus tard, sur l'autoroute, il s'efforça de faire le point. Peu à peu l'inconcevable prenait forme dans son esprit : il allait revoir Beth.

Bien sûr, il n'espérait rien de cette visite éclair. S'il avait décidé de se déplacer, c'était avant tout parce qu'il se sentait responsable de ce qui avait pu se passer. Il accomplissait ce voyage par devoir, mais aussi — et comme il lui coûtait de l'admettre ! — par amour.

\*
\* \*

112

Pâle comme la mort, Beth reposa le combiné du téléphone. Le directeur de la chambre de commerce venait de confirmer ses craintes : la cristallerie n'existait pas. La terre venait de s'ouvrir sous ses pieds. Les yeux agrandis par la peur, elle balaya la petite boutique du regard.

Aucun espoir ne subsistait. Tout était perdu.

Ses jambes ne la portant plus, elle se laissa glisser le long du mur et tomba assise à même le sol. La tête entre les mains, elle resta prostrée pendant de longues minutes puis se mit à pleurer. Qu'allait-elle faire à présent ?

Son voyage à Prague s'était avéré désastreux. Par sa faute, la boutique risquait de faire faillite à présent. Et puis, il y avait Alex… Alex qu'elle n'avait pu oublier en dépit de tous ses efforts.

Les souvenirs des derniers jours passés à Prague, de ces tristes instants qui avaient fait basculer sa vie lui revinrent à la mémoire.

Lorsque Alex l'avait raccompagnée à Prague le dernier soir, elle avait pris la résolution de changer d'hôtel aux aurores. C'était le seul moyen de ne plus le revoir. Ce choix lui avait coûté, bien sûr, mais elle ne l'avait pas regretté. Elle avait délibérément choisi un hôtel excentré pour être sûre d'être tranquille. Bien sûr, elle n'était plus jamais retournée sur le pont Charles. Elle ne voulait surtout pas risquer d'y croiser Alex !

Quelques jours plus tard, elle avait visité la fameuse cristallerie dont lui avait parlé la marchande de la place Wenceslas. Le lieu avait d'emblée suscité son étonnement.

En sortant de la voiture, le silence de la cristallerie l'avait frappée. En outre, pour une usine perdue en pleine nature, le parking lui avait semblé exagérément grand. A l'intérieur du bâtiment, l'impression de vide était saisissante. Un peu inquiète, elle s'était rassurée en entrant dans le bureau du directeur. Là, derrière les vitrines, elle avait reconnu le service en cristal de ses rêves.

Et dire qu'elle avait failli faire marche arrière lorsque l'homme lui avait annoncé le nombre de verres qu'elle devrait acheter si elle voulait conclure le marché avec eux. Pourquoi n'avait-elle pas suivi son intuition ?

Après moult négociations, le directeur avait accepté de décliner la commande en quatre couleurs différentes, comme elle en avait précédemment exprimé le souhait. Alléchée par cette offre, elle n'avait pas eu le cœur de refuser.

A la fin de la journée, elle s'était empressée d'appeler son banquier pour lui demander un prêt.

— Je serai en mesure d'en rembourser l'intégralité au mois de janvier prochain, avait-elle assuré.

— C'est trop…, avait protesté son conseiller financier. Je suis désolé, mais il m'est impossible de vous accorder une telle facilité de paiement.

Il en aurait fallu davantage pour la décourager. Rassemblant ses esprits, elle avait essayé de trouver des arguments en sa faveur.

— Je peux vous offrir des garanties, avait-elle fait valoir.

Ce qui était la stricte vérité. Son grand-père lui avait légué une somme importante pour son vingt et unième anniversaire, et elle n'y avait pas encore touché. En outre, elle avait souscrit une épargne qu'elle pourrait récupérer le cas échéant. Finalement convaincu par ses arguments, le banquier avait accepté de lui accorder une rallonge substantielle.

— Mais attention, songez à vérifier la solvabilité de la cristallerie. On est jamais trop prudent lorsque l'on engage une somme de cette importance.

— Bien sûr ! Merci de votre compréhension.

Evidemment, elle n'avait pas suivi le conseil avisé de son banquier !

Malgré cela, à son retour en Angleterre, elle se sentait toute fière d'avoir mené sa mission à bien. Son enthousiasme était bien sûr de façade, car au fond d'elle-même, elle ressentait un vide terrible. En dépit de tous ses efforts pour le nier, elle avait dû se rendre à l'évidence : avoir perdu Alex l'affectait énormément.

Aujourd'hui, une douleur sourde lui étreignait la poitrine

lorsqu'elle repensait aux propos qu'elle avait tenus au cours de leur dernière nuit.

« Ce n'était qu'une simple pulsion sexuelle », avait-elle dit, affectant l'indifférence. Mais elle avait menti, elle *s'était* menti.

Aujourd'hui, le visage d'Alex la hantait jusque dans ses rêves. Souvent elle s'éveillait la nuit, le visage baigné de larmes. Une petite voix malveillante lui chuchotait alors qu'elle avait commis la plus grave erreur de sa vie.

Elle savait que ce n'était pas vrai, bien sûr, pourtant par moments le doute la torturait. Et si Alex avait été sincère ?

Non, non, c'était impossible. Il avait joué la comédie avec un peu plus de talent que les autres, voilà tout. Les hommes comme lui ne reculaient devant rien pour parvenir à leurs fins.

— Je t'aime, avait-il dit, des étoiles dans les yeux.

Pour un peu, elle se serait laissé abuser par l'éclat doré de son regard gris. Pour un peu, elle se serait jetée à son cou pour le couvrir de baisers. Pour un peu, seulement. Car elle n'avait rien fait de cela. S'armant de courage et de sagesse, elle l'avait sèchement remis à sa place. Comme il le méritait, d'ailleurs !

« Je ne t'aime pas », avait-elle trouvé la force de répondre quand tout son être lui criait le contraire. Elle n'oublierait jamais l'expression du visage d'Alex à ce moment-là. Un mélange de tristesse, de colère et de révolte. Quel comédien, et cynique de surcroît !

Une énigme subsistait : comment, sachant tout cela, avait-elle pu tomber amoureuse de ce traître ? En dépit des barrières qu'elle avait soigneusement érigées autour d'elle, Alex avait réussi à trouver la faille de l'édifice.

Jusqu'à présent, la perspective de recevoir sa commande pragoise l'avait aidée à surmonter son chagrin. Mais désormais, sa vie entière n'était plus qu'un champ de ruines. Un vrai désastre.

La sonnerie du téléphone la fit sursauter. Depuis son retour à Rye-sur-Averton, elle avait reçu deux appels de Prague.

Le premier du directeur de l'hôtel qui lui avait aimablement signalé qu'il lui envoyait par la poste un foulard oublié ; le second était un appel anonyme. En décrochant, elle avait simplement entendu un souffle. En proie à une violente panique, elle avait demandé :

— Alex ? Alex, c'est toi ? Réponds, je t'en prie !

Mais la personne avait raccroché, la laissant seule avec ses doutes.

Au bord du vertige, elle alla décrocher le combiné.

— Salut, Beth, c'est Dee.

— Oh… Bonjour, Dee, comment vas-tu ? demanda-t-elle d'une voix d'outre-tombe.

— Dis donc, ça ne va pas fort, on dirait.

— Non, non… tout va bien, mentit Beth en essuyant une larme d'un revers de manche. Juste un peu de fatigue.

— Tu ferais mieux de te ménager un peu. Je t'ai trouvé bien pâlotte ces derniers temps.

— Je travaille beaucoup depuis le départ de Kelly.

— Je sais, je sais. Enfin, j'imagine que tu as déballé tous tes colis à présent. Je meurs d'envie de passer pour que tu me montres tout ça.

Un flot d'adrénaline inonda les veines de Beth. Elle devait absolument trouver un moyen de dissuader Dee.

— Non, non !

— On dirait que tu veux garder ces merveilles pour toi ! la taquina Dee. Pense à tes pauvres amies qui se languissent ; moi en l'occurrence.

— Ce n'est pas ça, mais euh… ce n'est pas le meilleur moment, bredouilla-t-elle avec maladresse.

— Quelque chose ne va pas ?

Beth se mordit la lèvre. Son amie était trop intelligente pour se laisser abuser par un mensonge. Autant être franche avec elle.

— Eh bien, oui, j'ai un problème, avoua-t-elle avec des tremblements dans la voix. C'est au sujet de la commande.

— Ne me dis tout de même pas qu'ils se sont trompés ? coupa Dee sans lui laisser le temps d'achever sa phrase.

— Si...

— C'est une honte ! tonna son amie. Tu dois absolument les joindre, Beth, et insister pour qu'ils envoient immédiatement la bonne commande, à leurs frais bien sûr ! Et s'ils n'ont pas l'air pressés, poursuis-les pour rupture de contrat. Ils devaient te livrer à temps pour le marché de Noël, c'est bien ça ?

— Oui, répondit Beth d'une toute petite voix.

— C'est inouï ! Quand je pense qu'ils ont déjà envoyé la commande avec plusieurs semaines de retard...

— Dee, je... je dois te laisser. J'ai un double appel.

C'était un mensonge, mais Beth ne pouvait plus supporter d'entendre les exclamations scandalisées de son amie.

Que pouvait-elle faire à présent ? Dans quelques semaines, Kelly rentrerait de son voyage en Australie avec Brandon. Comment pourrait-elle lui annoncer qu'en raison de sa négligence, elles allaient devoir fermer leur boutique ?

La tête dans les mains, Beth chercha vainement une solution. Au bout de quelques minutes, elle dut se résoudre à l'évidence : Kelly et elle étaient bel et bien acculées à la faillite. Comment pourraient-elles faire tourner le magasin s'il n'y avait plus rien à vendre ?

Il ne restait plus un sou pour renflouer leur stock habituel et Beth venait de recevoir une lettre de son banquier, lui rappelant que son prêt devait être intégralement remboursé début janvier.

Jamais elle ne parviendrait à s'acquitter de sa dette auprès de la banque. Un gémissement plaintif lui échappa. Tout était perdu, il ne restait plus qu'à mettre la clé sous la porte.

Il y avait peut-être une solution, mais elle refusait de s'y résoudre. Le mari de Kelly, Brandon, était un homme très riche. En apprenant ce qui venait de se passer, il n'hésiterait pas à les aider. Mais l'orgueil de Beth lui interdisait d'y songer.

De plus, en homme d'affaires aguerri, Brandon serait sans doute scandalisé que sa femme fasse équipe avec une idiote de son espèce.

Les choses finiraient-elles par changer un jour ? Quand cesserait-elle d'être la proie idéale de tous les profiteurs de la terre ?

Elle avait atteint les limites de ce qu'elle pouvait endurer. Les yeux secs à présent, elle ploya la tête un peu plus. Là, dans l'arrière-boutique du magasin, elle se sentait seule et abandonnée. Aurait-elle seulement la force de sortir de l'office obscur pour affronter le monde ?

Non, elle n'en avait plus le courage. Elle allait rester là et attendre. A présent qu'elle avait atteint le fond de la détresse, elle comprenait à quel point elle aimait Alex, à quel point il lui manquait.

Alex trouva le magasin de Beth sans difficulté dans la principale rue commerçante de la ville. Après avoir garé sa voiture, il approcha de la ravissante boutique aux allures anciennes. Un peu hésitant, il admira le charme des objets exposés en vitrine, tout en essayant de discerner une silhouette à l'intérieur du magasin. La pancarte indiquait qu'il était ouvert, mais l'intérieur semblait vide.

Prenant son courage à deux mains, il entra à l'intérieur.

En entendant le carillon de la porte, Beth s'arracha péniblement à sa torpeur. Un client, quelle déveine ! songea-t-elle.

— Une petite minute ! lança-t-elle en se recoiffant vaguement d'une main. Je suis à vous tout de suite.

Beth… Elle était là. Le cœur battant à tout rompre, Alex referma la porte de la boutique.

En sortant de l'office, Beth se sentit blêmir. Il était là ! Ses jambes ne la portant plus, elle s'adossa au mur pour ne pas défaillir.

— Alex… Que fais-tu ici ? demanda-t-elle d'une voix blanche.

Il osait à peine la regarder. Son visage était étonnamment pâle et elle avait visiblement maigri. Vêtue d'une jupe longue noire et d'un chemisier blanc, elle paraissait porter un deuil. Malgré cela, sa peau n'avait rien perdu de son éclat diaphane.

Sa beauté déchirante lui coupa le souffle.

Au moment où il avait entendu sa voix, il avait ressenti une émotion si violente qu'il avait serré les poings pour contenir son ardeur. S'il n'avait écouté que son cœur, il se serait précipité pour la serrer dans ses bras.

Voyant qu'il avait soigneusement évité son regard pour regarder le contenu des cartons à moitié déballés, Beth comprit immédiatement la raison de sa visite. La cruauté de sa démarche lui fit l'effet d'un coup de poignard en plein cœur.

Il était venu se gausser d'elle, se repaître du spectacle de sa déconfiture ! Le monstre ! L'ignoble traître ! Dans sa colère, elle ne mit pas en doute une seconde la logique de son raisonnement.

— Tu le savais, n'est-ce pas ? lança-t-elle en le défiant du regard. Tu es venu te moquer de moi. Eh bien, ne te gêne pas, ris !

— Tu te trompes, Beth !

— Bien sûr, répondit-elle méchamment. Je ne fais que ça. Je me suis méprise sur le compte de Julian Cox et sur le tien. Bêtement, je croyais que… que tu aurais la décence de ne pas…

Incapable de poursuivre sa phrase, elle déglutit péniblement avant de reprendre :

— Et je me suis trompée au sujet de ce service en cristal. Alors, vas-y, dis-le… je sais que tu en meurs d'envie. Dis : « Je t'avais prévenue » !

Un seul regard sur le contenu des cartons avait confirmé les pires craintes d'Alex. Les objets qu'elle avait reçus étaient invendables. Un sentiment de tristesse mêlé de révolte s'empara de lui. Pauvre Beth ! Il se souvint de son enthousiasme lorsqu'elle lui avait décrit le service de ses rêves. Quelle cruelle désillusion ! Il aurait voulu la consoler, la bercer dans ses bras et l'embrasser.

La cristallerie de son cousin était l'une des seules à savoir reproduire des modèles anciens en République tchèque. La première fois que sa mère l'avait visitée, elle était revenue enchantée.

— Leurs verres en cristal sont de pures merveilles ! s'était-elle exclamée. Ils en vendent un peu partout dans le monde : au Japon, aux Etats-Unis, dans les Emirats arabes aussi. Et ton cousin m'a offert ceci.

Les joues roses de plaisir, elle lui avait montré un service de dix-huit verres à vin d'inspiration baroque. Une vraie splendeur.

Beth n'avait pas eu cette chance. Souffrant de la voir anéantie à ce point, il demanda doucement :

— Es-tu assurée contre ce type de… risques ?

Il avait posé cette question pour la forme seulement, car il connaissait déjà la réponse.

— La police tchèque a retrouvé les malfrats qui t'ont vendu ça, poursuivit-il d'une voix douce. Il y aura un procès… peut-être recevras-tu une compensation.

Beth lui décocha un regard assassin.

— Cesse de me parler comme si j'étais une enfant ! Pourquoi recevrais-je quoi que ce soit ? Je me suis comportée comme une idiote et j'ai récolté ce que je méritais. Et puis, en admettant que je puisse prétendre à un quelconque dédommagement, il est trop tard, de toute façon.

— Comment ça « trop tard » ? Que veux-tu dire ?

— Rien du tout, répondit-elle en détournant le regard.

Elle n'avait pas la moindre intention de lui parler de son endettement. Inutile de donner à Alex un motif de triomphe supplémentaire.

— Beth ? Beth, où es-tu ?

En entendant la voix de Dee, elle se raidit instantanément.

— J'ai préféré passer finalement. Tu n'avais pas l'air dans ton assiette au téléphone tout à l'heure. Si c'est pour les verres que tu t'inquiètes, je… Oh !

Dee s'arrêta de parler en s'apercevant que Beth n'était pas seule. Elle adressa à Alex un regard étonné puis posa les yeux sur les verres.

Sa grimace horrifiée était plus éloquente que tous les mots.

— Qu'est-ce que c'est que cette horreur ? s'exclama son amie en la dévisageant avec incrédulité. Je suis désolée, Beth, mais il faut à tout prix renvoyer ces articles. Je n'ai jamais rien vu d'aussi laid ! Comment ont-ils pu commettre une bourde pareille ?

Alex réfléchit très vite. L'air déconfit de Beth était un vrai crève-cœur pour lui.

— C'est vrai, déclara-t-il à la grande surprise des deux femmes. Nous allons tout de suite rectifier cette erreur.

— J'espère bien ! s'exclama Dee en posant un regard condescendant sur sa personne. Et à temps pour le marché de Noël ! Franchement, monsieur, je ne vous félicite pas. C'est un vrai scandale !

Beth ouvrit la bouche pour protester, mais renonça à parler lorsqu'elle intercepta le regard d'Alex. Pourquoi faisait-il cela ? se demanda-t-elle avec perplexité.

De toute façon, tôt ou tard, elle devrait bien avouer la vérité à Dee. Pourquoi pas tout de suite ? Il serait difficile d'expliquer à son amie — qui était aussi sa propriétaire — qu'elle ne recevrait jamais ces maudits verres, mais elle n'avait guère le choix.

— Si vous voulez bien nous excuser, déclara Alex en se tournant vers Dee. Beth et moi devons discuter en privé.

Il avait formulé sa demande poliment, mais avec une pointe de fermeté qui fit sursauter Dee.

— Beth ? demanda cette dernière en haussant un sourcil mécontent.

— Euh… oui, ne t'inquiète pas, balbutia Beth en rougissant. Tout ira bien.

— Dans ce cas, je te laisse. N'hésite pas à m'appeler si tu as le moindre souci.

Après le départ de Dee, Beth se tourna vers Alex pour s'enquérir d'une voix lasse :

— Pourquoi lui as-tu laissé croire que la commande serait remplacée ? Tu sais très bien que ce n'est pas vrai…

Sa voix vacilla sur la fin et un flot de larmes lui brouilla la vue. Elle était à bout de fatigue, de colère et de chagrin.

— Ne pleure pas, Beth, murmura Alex en posant une main affectueuse sur son épaule. N'y a-t-il pas un endroit plus tranquille pour discuter ?

— Je n'ai pas envie de discuter avec toi. Il n'y a rien à dire… Tu es venu pour te moquer de moi. Tu as gagné, Alex ; j'espère que tu es content, au moins.

— Tu te trompes. Ecoute, on pourrait retourner la pancarte du magasin pour discuter de tout cela.

Beth regarda une fois de plus les cartons à moitié défaits. Il devenait insupportable de les voir.

— Je ne veux pas rester ici. J'habite au premier étage, suis-moi.

— D'accord, mais laisse-moi le temps de fermer le magasin.

Beth se sentit rougir jusqu'aux oreilles. Pourquoi diable n'y avait-elle pas pensé elle-même ? C'était *son* magasin, *sa* responsabilité. Sans le vouloir, elle venait de donner à Alex une preuve supplémentaire de sa stupidité.

En ouvrant la porte de son petit appartement, Beth ressentit une étrange appréhension. Etait-il raisonnable de laisser Alex entrer chez elle et imprégner les lieux de sa présence ? Pourrait-elle regarder son salon du même œil à l'avenir ?

L'air revêche, elle se posta derrière une chaise tout en lui désignant sèchement une autre, à deux bons mètres de la sienne. Ignorant cette offre, il vint la rejoindre. Instinctivement elle fit un pas en arrière.

— Beth, je t'assure que je ne suis pas venu ici pour me moquer de toi.

— Alors pourquoi ?

— Je suis venu parce que… parce que j'espérais que tu n'aurais pas payé ces malfrats. Je voulais t'aider.

— Comment pouvais-tu savoir que je recevrais ces horreurs ?

Beth éprouvait toutes les peines du monde à s'exprimer.

Alex était trop proche, presque à portée de main. Il aurait suffi d'étendre le bras pour le toucher… Affolée par la tournure de ses pensées, elle passa sa langue sur ses lèvres sèches.

Troublé par ce geste, Alex détourna prestement le regard. Se souvenant alors qu'elle venait de lui poser une question, il se hâta de répondre.

— Euh… c'est une longue histoire.

— Quelqu'un t'en a parlé ? demanda-t-elle, soupçonneuse.

— Ma mère, acquiesça-t-il. Elle tenait l'information de ma tante. En fait, les verres que tu as vus place Wenceslas appartenaient à mon cousin.

Beth manqua s'étrangler. Lorsque Alex avait proposé de lui présenter son cousin, elle avait refusé avec véhémence. Cet homme qu'elle n'avait jamais rencontré lui avait même proposé, par l'entremise d'Alex, de reproduire le modèle de son choix. Trop orgueilleuse pour étudier la question, elle avait préféré se rabattre sur les stands douteux de la place Wenceslas.

Quelle ironie ! Durant tout ce temps, elle avait convoité un service qui appartenait au cousin d'Alex, un homme dont elle avait dédaigné l'offre.

Un jour, au cours d'une de leurs excursions aux alentours de Prague, Alex lui avait montré la cristallerie de sa famille. La beauté du lieu et son emplacement idéal avaient fait une excellente impression sur elle, mais elle n'avait pas voulu se dédire en acceptant d'y entrer.

— Ça alors ! s'exclama-t-elle au bout d'un long silence. Tu m'avais parlé d'un cambriolage. Le service provenait donc de là ?

Il hocha la tête, un sourire triste au coin des lèvres.

— La femme que tu as rencontrée place Wenceslas travaillait pour un gang de voleurs. Ce sont eux qui ont dévalisé la cristallerie de mon cousin.

— Je vois… Si je comprends bien, j'ai été la complice involontaire de ces malfrats. C'est grâce aux gens comme moi qu'ils font fortune.

— Ne dis pas cela, tu n'y es pour rien, voyons. Et puis, ils ne t'ont pas attendue pour mettre au point leur méthode.

— Leur méthode ?

— C'est très simple : ils se servaient de ces verres pour appâter les clients potentiels. Lorsque quelqu'un s'intéressait à la marchandise, ils s'arrangeaient pour obtenir une commande astronomique.

— Ils ont été arrêtés ?

— Oui. Au cours de l'interrogatoire, ils ont seulement déclaré ignorer que ce service était un original datant du début du XVIIᵉ siècle.

— Si je comprends bien, je n'ai pas été leur seule victime ?

— Oh, loin de là, la rassura-t-il. Crois-moi, la liste est longue.

Consternée, Beth détourna le regard. En découvrant les verres, elle avait d'abord refusé de croire qu'ils n'étaient pas anciens. Pourquoi n'avait-elle pas fait confiance à sa première intuition ?

— Ton cousin doit être content d'avoir retrouvé son bien, commenta-t-elle d'une voix atone.

— Oui, surtout ma tante. Elle s'en voulait terriblement de ne pas avoir fait installer un système d'alarme digne de ce nom.

— Le gardien a-t-il récupéré de ses blessures ?

— Oui, il est sorti de l'hôpital, répondit-il, visiblement touché qu'elle se souvienne de cela.

— Es-tu rentré pour de bon en Angleterre ?

— Oui, mon année sabbatique est terminée. J'ai accepté une chaire d'histoire moderne à l'université de Lexminster.

Beth se sentit blêmir. A l'entendre parler de sa carrière, il ne faisait plus le moindre doute qu'il disait la vérité. Quand il lui avait dit qu'il enseignait à la faculté, elle avait mis ses paroles en doute, leurrée sans doute par son allure juvénile.

Autant se rendre à l'évidence, Alex n'était pas l'escroc qu'elle s'était plu à imaginer.

— Beth, pour en revenir à ce service en cristal… Laisse-moi en toucher un mot à ma famille.

Beth secoua tristement la tête.

— C'est inutile. Je ne suis pas en mesure de passer une deuxième commande ; il ne me reste plus un sou. En fait, au moment où tu es arrivé, j'étais sur le point d'appeler Kelly, mon associée, pour lui annoncer que nous n'avions plus qu'à mettre la clé sous la porte. Je dois trop d'argent à la banque pour continuer.

Un silence accablant s'abattit dans la pièce.

— Alors, tu ne me dis pas que c'est bien fait pour moi ? Après tout, j'ai refusé d'écouter tes conseils.

— Oh, Beth…

N'y tenant plus, Alex la prit tendrement dans ses bras. Tout en la berçant, il lui chuchota des paroles réconfortantes à l'oreille. Emporté par son élan, il embrassa son front, ses yeux, son nez, sa bouche…

— Non… non, protesta-t-elle en s'arrachant à son étreinte. Je veux que tu partes. Tout de suite !

Comme il commençait à se récrier, elle porta ostensiblement les mains à ses oreilles.

— Je ne veux rien savoir, dit-elle d'une voix tremblante. Et si tu ne pars pas immédiatement, c'est moi qui partirai.

— Très bien, très bien, je m'en vais.

Elle entendit le bruit de ses pas et la porte d'entrée se refermer doucement. Cette fois-ci, Alex était définitivement sorti de sa vie. Jusque-là, la colère qu'elle ressentait à son égard l'avait aidée à supporter la souffrance. A présent que sa colère était morte, ne subsistaient que le vide et un immense chagrin.

Mue par une impulsion subite, elle se précipita jusqu'à la fenêtre. Alex venait d'ouvrir la portière de sa voiture. En apercevant une élégante Jaguar, elle ouvrit de grands yeux. A Prague, il avait coutume de louer de petites Fiat.

Mais à la réflexion, ce véhicule de luxe lui seyait à la perfection. En toute circonstance, Alex dégageait une autorité sereine qui s'accordait parfaitement aux lignes sobres de la berline.

Même à Prague, elle avait constaté qu'il semblait beaucoup

plus mûr que les jeunes gens qui s'apprêtaient à entrer dans la vie active. Et dire qu'elle l'avait pris pour un étudiant attardé ! A présent, elle se rendait compte qu'il était de la même race d'hommes que Brandon Frobisher, le mari de Kelly, ou Ward Hunter, celui d'Anna.

Il venait de s'asseoir derrière le volant. Dans l'espoir de saisir au vol une dernière image de lui, Beth écarta le rideau. Comme s'il avait senti son regard à ce moment-là, il leva les yeux vers elle.

Elle recula prestement en espérant qu'il ne l'aurait pas vue. Quelques instants plus tard, elle s'approcha de nouveau de la fenêtre : il était parti.

Une page de sa vie venait de se tourner, à tout jamais.

D'un pas hagard, elle entra dans sa chambre. Une douleur sourde lui comprimait la poitrine et le sang affluait violemment à ses tempes. Elle se laissa tomber sur son lit et se recroquevilla dans l'espoir d'étouffer son chagrin.

Elle aurait aimé pleurer, crier, laisser exploser sa colère, mais elle en était incapable. Ses yeux étaient secs, terriblement secs.

*Tu as bien fait*, ne cessait-elle de se répéter. *En dépit de ce qu'il a prétendu, Alex est venu jusqu'ici pour le plaisir de t'humilier. Il ne t'a jamais aimée… Il a menti, il a menti.*

Une demi-heure plus tard, elle décida qu'il était grand temps de rouvrir le magasin. Au moment de partir, son regard fut attiré par le carton d'invitation posé sur le manteau de la cheminée. C'était un faire-part l'invitant à assister au mariage de Harry Lawson — le cousin de Dee — avec Eve Frobisher, la sœur de Brandon.

Le mariage… la célébration de l'amour qui unissait deux êtres.

Les yeux de Beth s'emplirent de larmes brûlantes.

« Je suis tombé amoureux de toi au premier regard », lui avait dit Alex. C'était un mensonge, elle le savait. Dans ce cas, pourquoi pleurait-elle ?

# 9.

Une tasse de café à la main, Beth regardait dans le vide. Elle venait de fermer le magasin après une longue journée de travail.

Cela faisait près d'une semaine qu'elle avait reçu sa livraison calamiteuse, et cinq jours qu'elle avait vu Alex pour la dernière fois. Cinq jours, trois heures et… — elle jeta un coup d'œil à l'horloge de la cuisine — dix-huit minutes.

Kelly était partie en Australie avec son téléphone portable — « au cas où », avait-elle précisé en riant. Beth avait hésité à l'appeler pour lui faire part de leurs déboires financiers, mais, après avoir pesé le pour et le contre, avait pris la décision d'attendre son retour pour lui annoncer la mauvaise nouvelle. Inutile de gâcher son voyage.

En revanche, elle n'avait pas encore trouvé la force d'appeler son banquier. Que dirait-il lorsqu'elle lui expliquerait qu'elle ne pouvait pas rembourser son prêt ?

Elle était lasse de répondre aux questions pressantes de ses clients qui s'étonnaient que le service en cristal de Bohême ne soit toujours pas arrivé.

Quant aux horribles verres aux couleurs criardes qu'elle avait reçus, elle les avait tous rangés dans leurs cartons, sans trop savoir ce qu'elle allait en faire. Elle ne pouvait pas les renvoyer à l'expéditeur puisque l'usine n'existait pas !

Après avoir nettoyé sa tasse, elle redescendit à la boutique. Les quelques objets qu'elle avait commandés plus tôt dans l'année venaient d'arriver, et elle devait les installer sur les étagères. Un modeste pis-aller, songea-t-elle avec amertume. Les services en porcelaine étaient ravissants, certes, mais ne soutenaient pas la comparaison avec ce qu'elle avait cru pouvoir offrir à ses clients.

Son stock actuel suffirait pour tenir quelques semaines, mais que ferait-elle lorsque les articles viendraient à manquer ?

Tristement, elle passa en revue le contenu de sa vitrine. Les chandeliers irisés qu'elle avait achetés au mois de mars étaient ravissants. D'ailleurs, les passants s'arrêtaient souvent pour les regarder de plus près. Les assiettes en porcelaine peintes par Kelly étaient du plus bel effet également, et les notables de la ville en étaient très amateurs. Oui, mais cela ne changeait rien au problème. Les ventes de Noël ne suffiraient pas à combler le découvert de la boutique.

En passant devant l'office, elle remarqua que son fax s'était mis en route. *Allons bon*, se dit-elle, un peu agacée. De quoi pouvait-il s'agir à cette heure-ci ? C'était vraisemblablement sa mère qui la chargeait d'acheter tel ou tel cadeau pour un membre de la famille.

Machinalement, elle se pencha pour lire le message. A la première ligne, elle ouvrit de grands yeux.

CRISTALLERIE DE PRAGUE, à Mlle Bethany Russel.

Mademoiselle,

C'est avec grand plaisir que nous avons reçu votre commande.

Nous venons d'envoyer les colis par avion à destination de l'aéroport de Manchester. Comme convenu, vous recevrez quatre douzaines de notre modèle vénitien décliné dans les couleurs suivantes : rubis, bleu madone, émeraude et or. Chaque service comprend un vase, deux carafes, une coupe à fruits et des chandeliers.

Veuillez agréer, mademoiselle, l'expression de nos salutations distinguées. »

Les mains tremblantes, elle arracha le papier de la machine. Que se passait-il ? Elle n'avait jamais rien commandé de tel !

Son regard s'arrêta sur le numéro de téléphone de la cristallerie. Elle s'apprêtait à les appeler quand Dee entra en coup de vent dans la boutique.

— Beth, tu es là?

— J'arrive, répondit-elle en sortant de l'office, le fax toujours à la main.

— As-tu des nouvelles de la cristallerie? s'enquit son amie en lorgnant la feuille de papier. Oh, mais je vois qu'ils ont rectifié le tir. Si tu le souhaites, je veux bien t'accompagner à l'aéroport pour t'aider à transporter les cartons.

— Dee, je n'ai pas...

— Tu auras besoin d'aide pour tout installer, poursuivit son amie sans prêter attention à son interruption. A propos, tu aurais pu me présenter ton ami l'autre jour! J'ai bien peur de ne pas avoir été très aimable avec lui.

— Je ne comprends pas...

— Je veux parler d'Alex Andrews bien sûr!

— Comment connais-tu son nom? demanda Beth qui sentit ses joues s'empourprer.

— J'ai dû me rendre à Lexminster le week-end dernier. Un ancien ami de mon père habite là-bas: un vieil universitaire. Bref, il a tenu à ce que je l'accompagne à un cocktail et j'y ai croisé ton ami.

— Alex? la questionna Beth, stupéfaite. Alex y était?

— Mais oui. Le monde est petit, n'est-ce pas? Il m'a longuement parlé de ses origines tchèques, et naturellement la conversation a bientôt tourné autour de toi. Il jugeait indispensable que tu reçoives ta commande au plus vite. C'est un homme charmant, si tu veux mon avis. J'ai bien senti qu'il était prêt à se mettre en quatre pour toi.

L'air joyeux de Dee brisa le cœur de Beth. Sentant que le malentendu ne pouvait plus durer, elle essaya d'interrompre son amie.

— Dee, je voulais te dire quelque chose.

— Une autre fois, Beth. Une réunion m'attend dans moins d'une heure; je suis extrêmement pressée. Nous dînerons ensemble ce week-end, tu veux? En tout cas, n'oublie pas de me passer un coup de fil dès que ta commande sera arrivée. Tu vois, tout est bien qui finit bien !

En montant dans sa voiture, Dee était consciente de la rougeur inhabituelle de ses joues. Un rapide coup d'œil dans le rétroviseur lui en apporta la confirmation. Adolescente, elle rougissait de peur et vivait cela comme une malédiction. Au prix d'un gros travail sur elle-même, elle avait appris à se contrôler.

En l'espace d'une décennie, elle s'était profondément métamorphosée, à tel point que ses amis actuels seraient surpris d'apprendre qu'elle avait été une jeune fille timide.

La mort de son père avait marqué un virage dans son existence. Cet événement tragique l'avait brutalement propulsée dans le monde des adultes. Les années avaient passé, mais ces heures sombres la hantaient encore.

Le week-end qu'elle avait passé à Lexminster, la ville où elle avait fait ses études, n'avait rien arrangé, hélas. Le vieil ami de son père avait dû la prier pour qu'elle accepte de l'accompagner au cocktail. En reconnaissant le visage d'Alex, elle était spontanément allée discuter avec lui. Comme elle avait un peu l'esprit ailleurs, elle ne lui avait pas posé beaucoup de questions. Malgré cela, elle avait remarqué qu'il éprouvait un plaisir non feint à parler de Beth.

L'ami de son père s'était joint à eux et, très vite, avait mentionné le nom de Julian Cox.

— Sais-tu ce que devient ce personnage ? avait-il demandé en fronçant les sourcils. Si tu veux mon avis, c'était un sacré vaurien. Ton père aurait dû se méfier de lui.

Ce nom ravivait des souvenirs si cruels qu'elle avait essayé de changer de sujet.

— Je ne sais pas ce qu'il est advenu de lui, avait-elle répondu avec un flou délibéré. J'espère sincèrement qu'il finira par échouer en prison… Mais parlez-moi plutôt de la vie à Lexminster : les choses ont-elles beaucoup changé depuis l'époque où j'étais étudiante ?

Sans laisser au vieil homme le temps de répondre à cette question, Alex Andrews était intervenu.

— Pardonnez-moi de vous interrompre, mais qui est ce Julian Cox ? Ne serait-ce pas l'homme qui a séduit Beth ?

— Oui, c'est lui, avait-elle répondu à contrecœur.

— Beth m'en a parlé.

— Vraiment ? s'était étonnée Dee. Que vous a-t-elle dit au juste ?

— Oh, elle est restée très évasive. Toutefois, j'ai eu l'impression que cet homme l'avait terriblement blessée.

— C'est vrai. C'est d'ailleurs pour cette raison que je lui ai suggéré de partir à Prague.

— Dans l'espoir qu'elle l'oublie ?

— En effet. D'ailleurs, ça a plutôt bien marché. Je crois qu'elle s'est aperçue qu'elle ne l'avait jamais vraiment aimé.

— Manifestement, elle s'est confiée à vous sur ce sujet, avait dit Alex, visiblement désireux d'en apprendre davantage.

— Beth est une jeune femme pudique, avait-elle répondu alors. Néanmoins, elle m'a fait comprendre que Julian avait effrité à jamais sa confiance à l'égard des hommes. Ce type a vraiment l'art de détruire les gens.

A la fin de sa phrase, elle avait détourné le regard pour dissimuler son émotion. Parler de Julian était toujours une épreuve.

Sa conversation avec Alex s'était arrêtée là, le vieil ami de son père l'ayant prise par le bras pour lui présenter quelques collègues. Un sourire de façade sur le visage, elle avait fait de son mieux pour s'intégrer aux différents groupes.

Durant tout ce temps, elle n'avait cessé de jeter des coups d'œil en direction de la porte d'entrée. Elle tenait à rester sur ses gardes si jamais… *quelqu'un* devait arriver. La personne qu'elle s'attendait à voir — ou plutôt qu'elle redoutait de voir — vivait sans doute à l'autre bout du monde aujourd'hui. Mais elle ne pouvait être sûre de rien.

Au volant de sa voiture, elle se sentait à présent infiniment lasse.

— Ce n'est pas le moment de flancher, marmonna-t-elle,

n'oublie pas que tu présides une réunion dans quelques minutes !

Certains jours, ses responsabilités lui pesaient plus que d'autres ; dans ces moments-là, son père lui manquait cruellement. A chaque fois qu'elle discutait avec les anciens collaborateurs de celui-ci, elle mesurait la perte que constituait sa disparition.

Parfois elle ne pouvait s'empêcher de songer à ce qu'elle serait devenue s'il n'était pas mort — une épouse ? une mère de famille ?

Une chose était sûre : son destin n'aurait pas été le même si son père avait toujours été en vie.

Elle déglutit péniblement. Il n'était pas trop tard pour avoir des enfants, si tel était son désir. Aujourd'hui, les mères célibataires n'étaient plus si rares. Mais l'idée d'élever un enfant seule était au-dessus de ses forces. Elle-même avait beaucoup souffert d'avoir grandi aux côtés d'un seul parent. Sa mère était morte peu de temps après lui avoir donné le jour, et elle avait cruellement souffert de ne pas l'avoir connue.

Petite fille, elle avait rêvé de faire partie d'une grande fratrie. Et naturellement, c'est ce qu'elle aurait souhaité pour ses propres enfants.

Hélas, le destin en avait décidé autrement.

*Inutile de te lamenter sur ton sort*, se morigéna-t-elle. *Concentre-toi sur ce que tu as à faire, c'est tout. Dans les moments difficiles, rien ne vaut l'action pour se changer les idées.*

Les détectives qu'elle avait embauchés n'avaient toujours pas été en mesure de retrouver la trace de Julian Cox après sa disparition à Singapour. Qu'était devenu ce salaud ? Cette question la hantait jour et nuit.

Dee s'agita sur son siège. Décidément, ce cocktail à Lexminster avait remué bien des souvenirs en elle, ravivant des blessures qui ne s'étaient jamais vraiment refermées.

En entendant la voix de sa tante à l'autre bout du fil, Alex eut un large sourire.

— Content de t'entendre, chère tante ! Comment vas-tu ?

— Je suis épuisée ! Tu sais que j'ai dû travailler dur pour envoyer cette commande à temps.

— Je sais, et je ne t'en remercierai jamais assez.

— C'est bien parce que tu es mon neveu préféré et que, dans le fond, je suis une incurable romantique…

Beth s'apprêtait à fermer le magasin lorsque son regard fut attiré par une camionnette qui se garait devant l'entrée de la boutique. Un peu intriguée, elle suivit la manœuvre depuis son comptoir. Une minute plus tard, une luxueuse Mercedes conduite par un chauffeur se rangea à son tour.

Il avait plu au cours de l'après-midi et le pavé humide scintillait légèrement à la lumière des guirlandes de Noël. Mais, pour la première fois de sa vie, Beth se sentait étrangère à la gaieté ambiante. Elle tenait à la main la liste des clients qu'elle devait appeler pour les prévenir qu'elle ne recevrait pas les services qu'ils avaient réservés. Elle avait repoussé ce crève-cœur jusqu'au dernier moment.

Le chauffeur de la camionnette se dirigeait à présent vers la porte. De quoi s'agissait-il ? se demanda-t-elle avec anxiété.

Mais elle n'était pas encore au bout de ses surprises. Lorsque la portière de la Mercedes s'ouvrit, elle reconnut aussitôt l'élégante silhouette de la tante d'Alex.

Plus sophistiquée que jamais, elle portait un tailleur gris anthracite divinement coupé. Ses escarpins noirs à talons hauts accentuaient la finesse de ses jambes. Avec un petit bibi et un chien miniature tenu en laisse, elle aurait ressemblé à une gravure de Dior des années 1950. Peu de femmes de vingt ans arboraient une taille aussi fine.

Elle attendit que le chauffeur lui ouvre la porte du magasin pour entrer. L'air souverain, elle étudia la boutique de ses yeux perçants sous le regard sidéré de Beth.

— Cet endroit est ravissant, déclara-t-elle sans préambule. Alex m'avait parlé de votre goût très sûr, je vois qu'il ne s'était pas trompé. Les objets en vitrine sont exquis, vraiment. Mais d'après moi, ils seraient davantage mis en valeur en réorientant les spots. Si vous aviez une échelle, je pourrais vous montrer comment faire.

Beth était trop surprise pour se sentir blessée par ce commentaire, d'autant plus qu'elle était arrivée à la même conclusion dans l'après-midi.

— Finalement, j'ai décidé de vous livrer les services moi-même, poursuivit-elle lorsqu'elle eut terminé d'inspecter la petite boutique. Comprenez bien que nous avons accepté parce que c'est la famille… Un de mes clients, un cheikh immensément riche, a dû être informé que sa commande aurait du retard. Ce n'est pas mon genre de faire ça, mais Alex a tant insisté… et quand un homme est amoureux à ce point, je suis incapable de lui refuser quoi que ce soit.

Le cœur de Beth se mit à battre furieusement dans sa poitrine. La tante d'Alex parlait si vite qu'elle comprenait à peine le sens de ses propos. En revanche, sa dernière phrase lui avait fait l'effet d'une bombe. Alex, amoureux d'elle ? Non, c'était impossible !

— J'ai décidé de venir en personne parce que nous ne vendons pas nos articles à de petites entreprises telles que la vôtre, reprit la femme sur un ton plus sévère. D'ordinaire, notre clientèle se limite à des particuliers. C'est ce qui fait notre réputation, notre prestige et, si j'ose dire, notre noblesse.

A ce moment-là, le chauffeur de la camionnette entra dans la boutique avec une énorme caisse. La tante d'Alex lui donna sèchement ses instructions.

— Posez ça là, je vous prie. Mais, de grâce, faites attention !

Après s'être exécuté, l'homme lui remit un gros paquet cadeau rectangulaire.

— Ah, merci ! J'avais failli oublier, dit-elle en se tournant vers Beth. Tenez, ceci est pour vous. Mais attention, vous n'avez pas le droit de l'ouvrir tout de suite, vous devrez attendre d'être avec Alex. Lui aussi aura un paquet… Il s'agit d'un cadeau de fiançailles. C'est une tradition dans notre famille.

Un cadeau de fiançailles !

Beth dévisagea la tante d'Alex. Cette femme dégageait un mélange de dignité et d'exubérance étonnant. Ecrasée par son charisme, la jeune femme mit du temps à trouver ses mots. Elle aurait dû lui expliquer qu'elle ne pouvait pas accepter cette commande car elle n'en avait pas les moyens. Avec un peu de courage, elle en aurait profité pour lui dire ce qu'elle pensait de l'attitude de son neveu.

Comment Alex avait-il osé passer une commande en son nom ? Quant à cette histoire abracadabrante de fiançailles, mieux valait ne pas y penser.

Mais la tante d'Alex était trop occupée à parler pour lui laisser l'occasion de l'interrompre.

— Dans la famille, la tradition veut que tous les hommes tombent amoureux au premier regard. Mon mari, qui était aussi un cousin très éloigné, s'est épris de moi en regardant une simple photographie. Sans plus attendre, il s'est précipité chez mes parents pour demander ma main. Nous avons été mariés deux ans… et puis il a été assassiné…

En voyant la douleur se peindre sur le visage de la tante d'Alex, Beth réprima un frisson.

— C'est terrible, murmura-t-elle.

— Je ressens encore son absence aujourd'hui. J'ai consacré ma vie à la cristallerie, comme il aurait souhaité le faire. J'aurais tant aimé qu'il vive pour voir la famille enfin réunie. Alex lui ressemble beaucoup. Il vous aime éperdument. Vous avez beaucoup de chance d'être adorée par un homme pareil.

Beth n'avait pas la moindre idée de ce qu'elle pouvait répondre à cela. En lui expliquant qu'Alex ne l'aimait pas, elle risquait de blesser sa visiteuse.

Le chauffeur de la camionnette déposa la dernière

caisse dans la boutique. Au nombre de six en tout, elles occupaient tout l'espace du petit magasin. Beth préféra ne pas imaginer le prix de leur contenu.

— Ecoutez, madame, je ne peux vraiment pas…

Une fois de plus, la tante d'Alex ne lui laissa pas l'occasion d'achever sa phrase. Elle se tourna vers le chauffeur et lui ordonna de déballer les cartons. Cependant, lorsque l'homme plongea les mains dans les billes en polystyrène, elle l'arrêta d'un geste.

— D'abord, nous devons boire du champagne, annonça-t-elle sur un ton théâtral. C'est une vieille superstition. Impossible d'y couper, ça porterait malheur. Auriez-vous des flûtes dignes de ce nom ?

— Euh, oui… je vais aller les chercher.

La situation devenait complètement surréaliste ! En regardant la tante d'Alex servir le champagne, Beth se demanda si elle ne rêvait pas éveillée.

— A présent, vous pouvez regarder la première caisse, déclara l'étrange femme après avoir vidé d'une traite le contenu de sa flûte.

Les mains légèrement tremblantes, Beth sortit un carton de six verres. Impressionnée par la manière dont la tante d'Alex avait dramatisé cet instant, elle souleva le couvercle en retenant son souffle. Délicatement, elle retira le papier de soie qui protégeait un des verres…

Un petit cri admiratif lui échappa en découvrant la perfection de l'objet. Chaque facette du verre capturait la lumière, comme le plus pur des diamants. C'était une reproduction parfaite du modèle original auquel l'artiste avait ajouté une touche moderne. La richesse des couleurs baroques et la pureté des lignes formaient un mariage saisissant.

Etrangement, la reproduction semblait encore plus réussie que son modèle.

— C'est magnifique…, murmura-t-elle, les larmes aux yeux.

— A présent, je comprends pourquoi Alex vous a choisie,

répondit la femme, visiblement touchée par l'émotion de Beth. Je vois que vous êtes des nôtres. J'ai moi-même dessiné ces verres à partir du modèle original. Mes cousins les trouvent un peu audacieux dans leur modernité, mais j'ai également apporté des modèles plus baroques. Vous les aimerez tous.

— J'en suis certaine, répondit Beth en plantant son regard dans celui de la tante d'Alex. Malheureusement, je ne peux pas me permettre de les garder...

— Je dois partir, coupa la femme en balayant son objection d'un revers de main. Les parents d'Alex m'ont invitée à dîner et je ne voudrais pas risquer d'être en retard.

— Ecoutez-moi, je vous en prie, dit Beth d'une voix suppliante. Vous devez repartir avec ces caisses.

— Vous ne les aimez pas ? s'enquit la femme en fronçant les sourcils. J'aurais pourtant juré le contraire.

— Ce n'est pas ça. J'adorerais les garder, mais je n'ai pas assez d'argent pour vous acheter ces merveilles.

— Qui parle d'acheter ? Je ne me suis peut-être pas bien fait comprendre : il n'est pas question de payer. Il s'agit d'un cadeau.

— Un cadeau !

Beth sentit tout son sang quitter son visage. Dans un sursaut d'orgueil, elle redressa le menton.

— C'est très généreux de votre part, mais je ne peux pas accepter.

— Oh, mais je vous rassure tout de suite ! Ce présent ne vient pas de moi ; je suis une femme d'affaires avant tout. Je ne ferais jamais un tel geste, même pour un membre de ma famille.

— Dans ce cas...

— C'est mon neveu qui vous offre ces verres, coupa la tante d'Alex. C'est de la folie pure, mais il est follement épris de vous. Oh, je sais qu'il est loin d'être pauvre — son grand-père était très fortuné —, cependant, en tant qu'universitaire, il ne gagnera jamais autant qu'un homme d'affaires. Mais l'amour n'a pas de prix, n'est-ce pas ?

Lorsqu'il y a une semaine de cela, il m'a appelée pour passer la commande, je lui ai dit qu'il demandait l'impossible. Il a tant insisté que je me suis laissée attendrir. Je sais que votre avenir professionnel dépendait de la bonne réception de ces verres. Vous voilà avec un souci en moins… Je suis vraiment désolée, mais je dois absolument me sauver à présent. Ah oui, n'oubliez d'attendre Alex pour ouvrir votre cadeau.

Après le départ de son étrange visiteuse, Beth regarda les six malles, éberluée. Alex lui avait-il vraiment offert ces verres ?

Si tel était le cas, il était impossible qu'elle accepte un cadeau si disproportionné. Surtout si Alex avait tout payé de sa poche.

Mesurant les implications de ce geste fou, elle fut prise d'un tremblement nerveux. Les paroles de la tante d'Alex tourbillonnaient dans sa tête : « Il vous aime. La tradition veut que les hommes de la famille tombent amoureux au premier regard. » Et si c'était vrai ? se demanda-t-elle, en se laissant tomber sur une chaise. Elle s'était déjà trompée sur tant de choses…

En entendant le carillon du magasin, elle se redressa d'un bond. A son grand soulagement, c'était Anna. Celle-ci jeta un regard impressionné sur l'ensemble des cartons.

— Mon Dieu, on ne peut plus placer un pied ici ! s'exclama-t-elle en riant. Il me tarde de voir ces trésors.

— Anna, je suis si contente de te voir !

— Ward et moi venons tout juste de rentrer du Yorkshire. En chemin, j'ai vu que les lumières de la boutique étaient allumées et je lui ai demandé de me déposer.

Voyant sa marraine grimacer en posant la main sur son ventre, Beth s'empressa de lui proposer un siège.

— Ce n'est rien, la rassura Anna, juste un petit coup de pied !

Beth la regarda avec envie. Anna rayonnait de bonheur et la grossesse lui seyait à ravir. Mais bien sûr, elle avait un mari qui lui vouait une adoration sans bornes. Cela devait certainement faciliter les choses.

Quelques semaines auparavant, au cours d'un dîner chez Dee, Ward s'était confié sur le bonheur qu'il éprouvait à l'idée d'être père.

— Je suis très ému que la femme que j'aime porte mon enfant, avait-il dit avec le brin de pudeur qui le caractérisait.

En rentrant chez elle ce soir-là, Beth avait pleuré à chaudes larmes, en essayant de se persuader qu'elle n'avait jamais rien ressenti pour Alex.

— Alors ? l'apostropha Anna. Qu'attends-tu pour me montrer ces merveilles ?

Beth brandit le verre qu'elle avait déballé sous le regard de la tante d'Alex. Comme prévu, Anna poussa un cri de surprise.

— Que c'est beau ! Je n'aurais jamais imaginé une chose pareille. C'est splendide !

— Je suis d'accord avec toi, pourtant ce n'est pas moi qui l'ai commandé, répondit Beth en esquissant une moue.

— Comment ça ?

— C'est une longue histoire…

— Et j'ai tout mon temps.

Beth hésita quelques instants puis, songeant qu'il serait bon de se confier enfin, se mit à parler.


Une heure plus tard, Beth avait raconté toute l'histoire à sa marraine.

— Tu comprends pourquoi je ne peux pas accepter ce cadeau ? dit-elle en guise de conclusion.

— Même s'il vient de l'homme que tu aimes ?

Beth secoua la tête en rougissant.

— *Surtout* s'il vient de lui, corrigea-t-elle. Je ne sais vraiment pas ce que je vais faire, Anna. Que puis-je lui dire ?

— Je ne peux te donner qu'un conseil, le meilleur qui

soit : suis ton cœur. C'est la seule manière de ne pas se tromper.

— Mais je ne peux tout de même pas lui dire que je l'aime ? Lui avouer que j'ai menti… ?

— Et pourquoi pas ?

# 10.

Pourquoi pas en effet ?

Depuis le départ d'Anna, Beth tournait en rond dans le magasin. Elle s'était préparé un sandwich qu'elle n'avait pu avaler. Nerveusement, elle jeta un coup d'œil à l'horloge murale. 19 heures. Que faire ?

Le numéro de téléphone d'Alex et son adresse figuraient sur l'une des six malles. Il lui suffisait de l'appeler.

*Pour lui dire quoi ?* lui souffla une petite voix moqueuse. *Que tu l'aimes ? Que tu t'es trompée sur toute la ligne ? Tu imagines peut-être qu'il va te croire ?*

Prenant son courage à deux mains, elle souleva le combiné du téléphone. Mais après avoir tapé les deux premiers chiffres du numéro, elle raccrocha brusquement. Non, elle n'y arriverait jamais… Elle avait besoin de temps pour faire le point. Une nuit de repos l'aiderait sûrement à démêler l'écheveau de ses sentiments.

Une idée folle lui traversa soudain l'esprit. Sans se donner le temps de changer d'avis, elle revêtit son manteau. Au moment de claquer la porte, son regard fut attiré par le paquet offert par la tante d'Alex.

« Il faudra l'ouvrir avec Alex », avait dit cette dernière.

Sans réfléchir, elle prit le paquet. Il était étonnamment lourd et encombrant.

Lexminster n'était pas si loin de Rye-sur-Averton — à deux heures de voiture tout au plus. Elle aurait largement le temps de faire l'aller et retour dans la soirée.

Alex s'installa à son bureau dans l'intention de travailler. Sa mère l'avait appelé plus tôt dans la soirée pour l'inviter à dîner.

— Ta tante sera des nôtres. Elle nous fait une visite éclair avant de s'envoler pour New York.

— C'est gentil de proposer de me joindre à vous, mais j'ai beaucoup de travail ce soir.

— Enfin Alex, tu pourrais faire un effort !

— Je suis désolé, maman, je ne peux vraiment pas sortir.

— Ta tante sera si déçue !

— Je crois qu'elle comprendra. N'oublie pas de l'embrasser pour moi.

Son travail n'était qu'un prétexte, bien sûr. Il aurait très bien pu se libérer s'il l'avait souhaité, mais la perspective de se trouver nez à nez avec sa tante ne le séduisait guère. Il l'aimait profondément et lui était sincèrement reconnaissant de ce qu'elle avait accepté de faire pour lui, mais il ne se sentait pas la force de subir une énième leçon de sa part.

Lorsqu'il avait insisté pour qu'elle honore la commande de Beth en priorité, elle lui avait amèrement reproché de la « prendre en otage ». Néanmoins, il avait senti qu'elle était touchée par son histoire. Sous ses dehors de femme inflexible, elle cachait une grande sensibilité.

Il était donc sans doute plus sage d'attendre un peu avant de la revoir. En outre, il était trop tendu pour affronter le regard des siens.

Une question le taraudait sans cesse : Beth avait-elle reçu la commande ? Essaierait-elle de reprendre contact avec lui ?

Les dés étaient jetés à présent. Il ignorait quelle serait la réaction de Beth lorsqu'elle recevrait les colis. Il n'était pas impossible qu'elle les lui fasse renvoyer après avoir brisé les verres en mille morceaux.

Non, jamais elle ne détruirait ces objets. Mieux que quiconque, elle en connaissait la valeur et la beauté.

Bon sang ! Beth lui manquait tant… Comment parviendrait-il

à la convaincre qu'il l'aimait sincèrement ? Finirait-elle par reconnaître qu'elle était amoureuse de lui, elle aussi ? Car il en était convaincu à présent. Elle avait eu beau prétendre qu'ils n'avaient fait qu'assouvir leurs pulsions ensemble, il savait que Beth n'appartenait pas à cette catégorie de femmes. Elle était beaucoup trop sensible et humaine pour voir les relations entre les êtres sous cet angle.

On sonna à la porte.

Zut ! Il n'était vraiment pas d'humeur à recevoir du monde. Poussant un soupir excédé, il s'arracha péniblement à sa chaise. En ouvrant la porte d'entrée, il reçut un choc.

— Beth !

Alex semblait si surpris que Beth se demanda soudain si elle n'allait pas rebrousser chemin. Comme elle restait immobile sur le pas de la porte, il la prit par le bras.

— Entre, je t'en prie.

Troublée par ce contact, elle avança lentement. Lorsqu'il eut refermé la porte, elle leva timidement les yeux vers lui. L'émoi qu'elle lut dans son regard la bouleversa. Elle s'accrocha alors à son paquet comme un naufragé à une bouée de sauvetage.

— Un cadeau pour moi ? demanda-t-il pour détendre l'atmosphère.

— En fait, ce cadeau m'est destiné, répondit-elle d'une voix saccadée.

Elle était trop émue pour contrôler le débit de sa phrase.

— Ta tante vient de me l'offrir. Tu en auras un toi aussi et nous devrons les ouvrir ensemble.

— Ma tante ! s'exclama-t-il. Ma tante est venue te voir ?

— Oui, il y a deux heures environ. Alex, pourquoi m'as-tu envoyé toute cette vaisselle ? Tu sais très bien que je ne peux pas l'accepter.

A sa grande consternation, ses yeux s'emplirent de larmes. Tandis qu'elle parlait, Alex la fit entrer dans un grand salon dont les proportions lui rappelèrent étrangement celles de la pièce du château où ils avaient fait l'amour. Cette ressemblance accentua son trouble.

— Viens t'asseoir, nous allons discuter de tout ça, dit-il en la débarrassant de son manteau.

Essuyant prestement ses yeux, Beth se laissa tomber sur un canapé en velours rouge.

Alex se dirigea vers un petit meuble en merisier dont il sortit une bouteille de cognac et deux verres.

— Bois ça, ordonna-t-il.

Un peu méfiante, Beth porta le breuvage à ses lèvres. Elle n'avait guère l'habitude des alcools forts et craignait de perdre la raison une bonne fois pour toutes. L'arôme puissant du cognac la réchauffa néanmoins.

— Je viens de boire du champagne avec ta tante, confessa-t-elle en esquissant une grimace.

— Excellent choix !

— Les deux ne font peut-être pas bon ménage, murmura-t-elle en souriant pour la première fois depuis des semaines.

— Je suis si heureux de te voir, répondit-il d'une voix rauque. J'espère que les services en cristal t'ont plu ?

— C'est une pure merveille. Je… je ne peux pas accepter un tel cadeau, Alex. Pourquoi as-tu fait une chose pareille ?

Suivant le conseil d'Anna, elle disait exactement ce qu'elle ressentait.

— Ma tante ne t'a pas expliqué ? lui demanda-t-il en dardant sur elle un regard qui la fit frissonner des pieds à la tête.

Il était surpris d'apprendre que celle-ci avait choisi de livrer en personne cette commande à Beth, mais à la réflexion, ce n'était guère étonnant. En la côtoyant à Prague, il avait découvert une femme généreuse et romanesque, doté d'un réel sens du spectacle. A ses yeux, elle incarnait parfaitement l'âme slave. Lorsqu'il lui avait parlé de son projet, elle l'avait d'abord traité de fou. Mais, bien sûr, sa curiosité avait été piquée au vif.

Beth hésita quelques instants avant de répondre.

— Elle m'a dit que… que tu m'aimais.

— Et tu la crois ? demanda-t-il en lui soulevant le menton.

Incendiée par l'intensité de son regard, elle crut défaillir.

— Je... j'ai envie de la croire, avoua-t-elle en tremblant.

— Pourquoi ? Pour avoir une nouvelle occasion de coucher avec moi ?

Il n'avait pu résister à la tentation de la provoquer, mais en la voyant blêmir, il regretta d'avoir parlé inconsidérément.

— Oh, Beth, mon ange, mon amour, je suis désolé. Je ne voulais pas te blesser.

Mais Beth était trop choquée pour entendre ses excuses. Elle avait récolté ce qu'elle avait semé. A force de jouer les indifférentes, Alex avait fini par la prendre pour une garce.

— Ce n'est pas grave, répondit-elle, livide. Après tout, je ne mérite rien d'autre. Je n'aurais pas dû venir.

Elle devait à tout prix fuir avant de fondre en larmes. Elle s'était trompée ; la tante d'Alex s'était trompée : il ne l'aimait pas.

— Tu ne mérites qu'une seule chose : être aimée, déclara-t-il avec fougue. Comment as-tu pu me prendre au sérieux ? Je t'accorde que ma plaisanterie était d'un goût douteux, mais tout de même.

— Alex...

— Si tu savais à quel point tu m'as manqué, si tu savais combien de fois j'ai failli tout laisser en plan pour aller te chercher ! Si je n'avais écouté que mes instincts, je t'aurais kidnappée ! Tu ignorais peut-être que tu avais affaire à un homme de Cro-Magnon ?

— J'ai du mal à t'imaginer dans la peau du personnage, répondit-elle en commençant à se dérider.

— Ah, oui ? Attends, regarde-moi bien.

Sans lui laisser le temps de parler, il la prit dans ses bras et l'embrassa avec une impétuosité qui eut raison de ses dernières résistances.

Anéantie de plaisir, elle gémit doucement. Le désir qu'elle avait bridé ces dernières semaines explosait avec force. L'émotion qu'elle ressentait était si forte que des larmes coulaient à présent sur ses joues. Alex s'arracha à sa bouche pour les cueillir de ses lèvres. Puis il la fit basculer sur le canapé et l'enlaça de ses bras puissants.

— Si je ne t'aimais pas, je ne te désirerais pas à ce point, dit-il d'une voix âpre tout en lui baisant le cou.

— Je m'en veux tellement, répondit-elle en soupirant. Comment ai-je pu me tromper à ce point sur mes propres sentiments ?

— C'est du passé. Tout ce qui compte à présent, c'est notre avenir ensemble.

Sous son petit cardigan en cachemire, elle ne portait qu'un soutien-gorge de dentelle blanche. Lorsque Alex commença à détacher les petits boutons nacrés du tricot, elle l'encouragea d'une voix fiévreuse. Son désir pour lui était si fort qu'elle aurait aimé qu'il lui arrache ses vêtements.

— Dis-moi que tu m'aimes, grogna-t-il en posant les mains sur ses seins dans un geste possessif.

— Oh oui, je t'aime… Je t'aime tant, Alex.

Son chandail et son soutien-gorge gisaient à terre à présent. Alex s'agenouilla devant elle. Sans tarder, il la débarrassa de sa jupe de soie, de ses bas et de sa culotte. Puis il lui écarta les cuisses et déposa une pluie de baisers sur son ventre.

Pressentant ce qui allait se passer, Beth sentit son excitation redoubler. Dans quelques instants, les lèvres d'Alex allaient descendre plus bas, jusqu'au cœur frémissant de sa féminité. Le souvenir de cette caresse était encore si vif qu'elle ressentit une chaleur moite irradier au creux de ses cuisses.

— Oh, Alex…, gémit-elle douloureusement.

Lorsque sa bouche frôla sa toison bouclée, elle s'arc-bouta instinctivement pour mieux s'offrir à cette caresse enivrante. Au bout de quelques minutes, n'y tenant plus, elle le supplia de venir en elle.

Ils firent l'amour rapidement et sauvagement. Ils étaient comme deux affamés incapables de prendre le temps de déguster les mets qui s'offraient à eux. Et ce fut dans un cri déchirant qu'ils atteignirent le sommet du plaisir.

Bien plus tard, lorsqu'il la conduisit dans sa chambre, elle protesta faiblement.

— Je ne peux pas… Il faut que je rentre à la maison. Je dois ouvrir le magasin demain matin.

— Ta maison se trouve ici à présent. Le magasin peut attendre, nous pas.

— Oh, Alex… je t'aime tant.

Cette fois, ils prirent tout leur temps pour s'aimer, redécouvrant émerveillés le corps de l'autre, savourant chaque instant de cette intimité dans sa plénitude.

Lorsque le dernier spasme de plaisir qui parcourait son corps se fut apaisé, Beth ressentit un immense bien-être.

— Je me demande ce qu'il y a dans ce paquet, murmura-t-elle d'une voix ensommeillée.

— Nous devrons attendre pour le savoir. Je n'ai pas encore reçu le mien.

— Il me tarde de le voir ! Oh, Alex ?

— Oui ?

— T'ai-je déjà dit à quel point je t'aimais ?

— Oui, répondit-il en déposant un tendre baiser sur son front.

— Je n'ai jamais vraiment aimé Julian Cox, tu sais. Je voulais être amoureuse de lui, c'est différent.

— N'en parlons plus, mon amour. Ce sinistre personnage appartient au passé.

Beth soupira de bonheur. Elle se sentait divinement bien aux côtés d'Alex. Aucun autre homme n'aurait pu lui donner un tel sentiment de sécurité.

— J'ai toujours su que tu étais prêt à tout pour que j'acquière les verres de tes cousins, le taquina-t-elle en dessinant du doigt le contour de ses lèvres.

— Tu te trompes, corrigea-t-il en faisant semblant de la mordre. J'étais prêt à tout pour faire ça…

Il la fit basculer sous lui et l'emprisonna de ses jambes. Dans un éclat de rire, elle tenta de protester.

— Oh, nous n'allons tout de même pas recommencer ?

— Mais si, répondit-il, un éclat mutin dans les yeux. Et sans tarder.

Pour la troisième fois de la soirée, ils s'unirent corps et âme. Lorsqu'ils s'endormirent, enfin rassasiés, un sourire flottait sur leurs lèvres. Désormais, l'avenir s'offrait à eux et plus rien ni personne ne pourrait les séparer.

# Epilogue

— C'est la nuit de Noël. Tu ne crois pas qu'il serait temps d'ouvrir nos paquets ? demanda Alex en défiant Beth du regard.

D'un commun accord, ils avaient décidé de passer le réveillon dans l'appartement d'Alex. Les parents de ce dernier les attendaient le lendemain pour un déjeuner de famille et Beth avait promis à ses propres parents de se rendre en Cornouailles pour le nouvel an.

A son doigt brillait le diamant qu'Alex venait de lui offrir pour leurs fiançailles. Lorsqu'elle se pencha pour attraper son paquet, le joyau réfléchit la lumière de la pièce dans un prisme de couleurs.

Ils avaient projeté de se marier au printemps, en Angleterre. Puis ils prendraient l'avion pour Prague où une grande fête de famille devait être organisée dans le château familial.

— Une autre tradition ? avait demandé Beth lorsque Alex lui en avait parlé pour la première fois.

— Pas vraiment, mais je sais que ma famille serait très heureuse si tu acceptais.

— J'accepte avec plaisir, bien sûr. Cela signifie beaucoup à mes yeux.

Tout en détachant le ruban de son paquet, elle songeait qu'elle avait beaucoup de chance. Elle aurait pu ne jamais rencontrer Alex. Le bonheur tenait parfois à un ou deux hasards. A cette idée, elle sentit son sang se glacer. Il était plus agréable de croire le destin responsable de ce miracle !

Dans le paquet cadeau, elle découvrit une gigantesque

boîte en velours damassé. Intriguée, elle lança un regard interrogateur à Alex.

— Alors, tu n'ouvres pas ton cadeau ? Nous devons le faire ensemble, je te rappelle.

Un petit sourire amusé flotta sur le visage de son fiancé.

— Je parie que tu sais déjà ce que c'est ! s'écria-t-elle.

— Disons que c'est une tradition de famille, répondit-il en lui lançant un clin d'œil.

— Oh toi !

En soulevant le couvercle, son rire mourut sur ses lèvres, laissant place à une expression d'émerveillement.

C'était un lustre, encore plus beau que celui qu'elle avait admiré dans la boutique de Prague.

— Oh, il est magnifique…, murmura-t-elle avec ravissement.

— Ils *sont* magnifiques, corrigea Alex en soulevant à son tour le couvercle de sa boîte. C'est une invention de ma famille : les deux lustres doivent être attachés pour ne former qu'une seule et unique pièce.

— Montre-moi !

Habilement, Alex parvint à réunir les deux objets. Le résultat dépassait tout ce que Beth avait pu imaginer. Les gouttes de cristal se mêlaient les unes aux autres à la perfection. En haut de l'édifice, les pièces, en forme de losanges arrondis, capturaient chaque parcelle de lumière ; à l'autre extrémité de l'objet, elles se rétrécissaient de plus en plus pour se transformer en minuscules gouttelettes de cristal. On eût dit une myriade de diamants suspendus dans les airs. Un vrai chef-d'œuvre.

— Quelle merveille ! Quelle paire bien assortie !

— Comme nous, mon amour, murmura Alex en capturant tendrement ses lèvres. Dis, tu ne crois pas qu'il est temps d'aller se coucher ?

— Alex ! Il n'est que 20 heures ! s'exclama-t-elle en riant. Nous avons toute la soirée devant nous.

— Je sais, mais tu ne veux pas que nous poursuivions notre tête à tête dans un endroit plus intime ?

150

— Voilà une excellente suggestion, répondit-elle en rougissant imperceptiblement.

Main dans la main, ils se dirigèrent vers la chambre. Ils n'avaient pas encore dîné et, sous le sapin, le reste de leurs cadeaux n'avait pas été déballé.

Mais tout cela pouvait attendre…

Ne manquez pas le mois prochain
dans votre collection

## Azur

La nouvelle série inédite :

**LES PRINCES DE PETRAS**

*visuel non définitif*

*Deux frères. Deux princes.*
*Deux cœurs à conquérir.*

*1 roman inédit chaque mois, de décembre 2016 à janvier 2017.*

Retrouvez en décembre,
dans votre collection

*Azur*

### L'héritier secret des Castelli, de Caitlin Crews - N°3775

ENFANT SECRET

Quel choc, pour Lily, de tomber sur l'irrésistible Rafael Castelli au beau milieu de Charlottesville ! Elle qui pensait ne plus jamais revoir le fils de son beau-père, la voilà stupéfaite face à l'homme dont elle était follement amoureuse autrefois... mais qu'elle a préféré quitter, cinq ans plus tôt. Le poids de l'interdit entourant leur relation ainsi que la vie dissolue de Rafael lui étaient devenus insupportables. D'autant qu'elle venait alors de découvrir qu'elle était enceinte de lui... Malgré sa stupeur de le revoir aujourd'hui, Lily sait que, pour elle, rien n'a changé : elle doit à tout prix protéger son enfant et éviter Rafael, malgré la détermination de celui-ci à vouloir percer tous ses secrets...

### Un choix impossible, d'Abby Green - N°3776

COUP DE FOUDRE AU BUREAU

*Tout s'achète, Darcy. Quel est ton prix ?* Darcy, abasourdie, ne peut détacher le regard de Maximiliano Fonseca Roselli. Certes, son patron peut parfois se montrer ambitieux. Mais lui proposer de l'épouser dans le seul but de décrocher un contrat d'affaires dépasse de loin tout ce à quoi elle aurait pu s'attendre de sa part ! Hors de question qu'elle cède : elle n'est pas le genre de femmes à se laisser acheter ! Pourtant, elle le sait, l'attirance irrépressible qu'elle éprouve pour Maximiliano pourrait bien la faire fléchir. Alors elle doit fuir, et vite. Car, si elle tarde, elle risque d'accepter ce mariage et d'éprouver des sentiments que Max, lui, ne partagera jamais...

### Contre la volonté du cheikh, de Sharon Kendrick - N°3777

Olivia enrage : pour qui se prend Saladin al-Mektala, à vouloir la forcer à le suivre au Jazratan pour qu'elle y soigne son plus bel étalon ? L'homme a beau être séduisant en diable et lui proposer une somme d'argent dont elle aurait bien besoin, Olivia ne cédera pas : les chevaux font partie de son passé, et la seule idée de retourner à cet univers équestre qu'elle associe à tant de douloureux souvenirs lui est insupportable. Alors elle ne changera pas d'avis, même si le cheikh en personne essaie de la convaincre. Pourtant, si Olivia est aussi résolue qu'elle le laisse entendre, pourquoi la présence de cet homme puissant dans son salon la trouble-t-elle autant ?

## L'ardeur de la passion, de Lucy King - N°3778

Que lui arrive-t-il ? Lucy fulmine. Comment peut-elle se laisser ainsi déstabiliser par le charme d'un play-boy tel que Leo Cartwright ? Depuis qu'elle l'a rencontré, Lucy est troublée et n'arrive pas à se raisonner : impossible pour elle de cesser de penser au désir impétueux qui l'a saisie face à cet homme intrigant. Elle n'avait encore jamais éprouvé de sentiments si puissants. Pourtant, elle en est consciente, elle ne peut se permettre d'assouvir ce désir. Car sa réputation de femme d'affaires impitoyable en pâtirait et viendrait mettre en danger la carrière qu'elle a mis tant d'énergie à bâtir...

## Entre raison et désir, de Kate Hewitt - N°3779

SPÉCIAL NOËL

Deux ans plus tôt, Emma pensait être la plus heureuse des femmes : la nuit de plaisir qu'elle venait de passer avec Larenzo Cavelli, son nouveau patron, avait été époustouflante. Certes, elle le connaissait à peine, mais il était si beau, si charismatique... Dès le lendemain pourtant, tandis que Larenzo, accusé de composer avec la mafia, avait été jeté en prison, elle avait brusquement déchanté. Subitement, elle se retrouvait seule. Seule, et enceinte, comme elle l'avait découvert quelques jours plus tard... Et aujourd'hui, alors que Larenzo, innocenté, resurgit dans sa vie, elle ne sait que penser. Sa raison l'incite à la méfiance, mais son cœur, lui, est irrésistiblement attiré vers cet homme mystérieux qu'elle n'a jamais pu oublier...

## Un dangereux arrangement, de Helen Brooks - N°3780

En acceptant de se faire passer pour la petite amie de Quinn Ellington, un séduisant vétérinaire, Candy pensait lui rendre service le temps d'une seule et unique soirée. Mais voilà que Quinn ne cesse de prolonger leur arrangement et d'en modifier les termes : Candy doit désormais passer les fêtes de Noël au sein de la famille Ellington ! Inquiète pour son cœur encore fragile après le décès de son ex-fiancé, elle est bien décidée à mettre un terme à cette comédie. Sauf que, plus le temps passe, plus elle se sent sur le point de céder au charme de Quinn, un homme aussi intrigant qu'insaisissable...

## Un ardent duel, de Lucy Ellis - N°3781

Pour Gigi Valente, L'Oiseau Bleu n'est pas un simple cabaret parisien dans lequel elle danse pour gagner sa vie, mais bien le seul endroit où elle se sente chez elle depuis la mort de sa mère. Alors pour rien au monde elle ne laissera le nouveau propriétaire, le puissant Khaled Kitaev, détruire ce lieu qui lui est si cher ! Au contraire, elle souhaite le convaincre de redonner au cabaret la splendeur qui le caractérisait autrefois et elle est prête à tout pour y parvenir. Malheureusement, le bras de fer s'annonce plus rude qu'elle ne l'avait pensé car, sous le regard intense de Khaled, Gigi ne peut s'empêcher d'être bouleversée. Elle semble y lire, en effet, la promesse d'un plaisir qu'elle n'a encore jamais connu...

HARLEQUIN    Azur

### Un fascinant ennemi, d'Annie West - N°3782

Ella, qui s'attendait à haïr profondément Donato Salazar – l'homme impitoyable auquel son père souhaite la donner en mariage pour régler un différend professionnel – est déstabilisée. Car, si sa rencontre avec l'ennemi de sa famille a été explosive, ce n'est pas pour les raisons qu'elle s'était imaginées : bien sûr, Donato s'est montré inflexible quant à sa volonté de l'épouser, mais il s'est surtout révélé étonnamment attirant. Cependant, Ella ne cédera pas. Jamais elle n'acceptera d'être l'objet d'un tel arrangement ! Même si, elle ne peut le nier, l'étincelle que Donato a provoquée en elle pourrait consumer son cœur tout entier si elle n'y prenait garde...

### Mariés avant Noël, de Maisey Yates - N°3783

SÉRIE : LES PRINCES DE PETRAS - 1ER VOLET

*Soumission*. Voilà un mot qui sonne durement aux oreilles d'une femme avide de liberté comme la princesse Zara de Tirimia. Car, elle en a douloureusement conscience, depuis son enfance sa vie est soumise à la volonté d'hommes qui n'ont que faire de son bien-être. Et, cette fois encore, elle n'a pas le choix : si elle veut garantir un avenir paisible à son peuple et assurer sa propre sécurité face aux ennemis de sa famille, elle devra épouser Andres, le prince de Petras. Soumettre sa volonté, Zara peut s'y résigner, mais que faire du désir irraisonné que provoque en elle ce mystérieux prince déterminé à faire d'elle sa femme avant Noël ?

### Des retrouvailles passionnées, de Penny Jordan - N°3784

SÉRIE : VENGEANCE ET SÉDUCTION - 4E VOLET

Dee est sous le choc. Elle vient de croiser par hasard Hugo, l'homme qu'elle devait épouser dix ans plus tôt avant qu'il ne l'abandonne ! Alors qu'elle tentait vainement de soutenir son père, éclaboussé par un scandale financier, Hugo était parti pour l'Afrique où il devait diriger une mission humanitaire. C'était donc seule que Dee avait dû gérer par la suite le suicide de son père, et elle n'avait rien trouvé de plus efficace que de se plonger dans le travail pour remonter la pente. Dix longues années se sont écoulées depuis, et pourtant, face à Hugo, Dee sent son cœur s'affoler, car, contre toute attente, Hugo éveille toujours en elle des sentiments aussi bouleversants qu'enivrants...

# OFFRE DE BIENVENUE

Vous êtes fan de la collection Azur ?
Pour prolonger le plaisir, recevez gratuitement

## ◆ 2 livres Azur gratuits ◆
### et 2 cadeaux surprise !

Une fois votre colis de bienvenue reçu, si vous souhaitez continuer à recevoir nos romans Azur, cela se fera automatiquement. Vous recevrez alors chaque mois 6 romans inédits de cette collection au tarif unitaire de 4,30€ (Frais de port France : 1,79€ - Frais de port Belgique : 3,79€).

**➡ ET AUSSI DES AVANTAGES EXCLUSIFS :**

**➡ LES BONNES RAISONS DE S'ABONNER :**

Des cadeaux tout au long de l'année.

◆

Aucun engagement de durée ni de minimum d'achat.

◆

Des réductions sur vos romans par le biais de nombreuses promotions.

◆

Aucune adhésion à un club.

◆

Des romans exclusivement réédités notamment des sagas à succès.

◆

Vos romans en avant-première.

◆

L'abonnement systématique et gratuit à notre magazine d'actu ROMANCE.

◆

La livraison à domicile.

Des points fidélité échangeables contre des livres ou des cadeaux.

**➡ REJOIGNEZ-NOUS VITE EN COMPLÉTANT ET EN NOUS RENVOYANT LE BULLETIN !**

✂ - - - - - - - - - - - - - - - - - - - - - - - - - - - - - - - - - - - - - - - - - - - -

N° d'abonnée (si vous en avez un) ⎵⎵⎵⎵⎵⎵⎵⎵⎵⎵  ZZ6F09 ZZ6FB1

M<sup>me</sup>❏ M<sup>lle</sup>❏ Nom : ..................... Prénom : .....................

Adresse : .....................

CP : ⎵⎵⎵⎵⎵ Ville : .....................

Pays : ..................... Téléphone : ⎵⎵⎵⎵⎵⎵⎵⎵⎵⎵

E-mail : .....................

Date de naissance : ⎵⎵ ⎵⎵ ⎵⎵⎵⎵

❏ Oui, je souhaite être tenue informée par e-mail de l'actualité d'Harlequin.

❏ Oui, je souhaite bénéficier par e-mail des offres promotionnelles des partenaires d'Harlequin.

**Renvoyez cette page à : Service Lectrices Harlequin – BP 20008 – 59718 Lille Cedex 9 - France**

# OFFRE DÉCOUVERTE !

Vous souhaitez découvrir nos collections ? Recevez **votre 1er colis gratuit*** avec **2 cadeaux surprise !** Une fois votre colis de bienvenue reçu, si vous souhaitez continuer à recevoir nos livres, cela se fera automatiquement. Vous recevrez alors chaque mois vos livres inédits en avant première.

Vous n'avez aucune obligation d'achat et cette offre est sans engagement de durée !

*1 livre offert + 2 cadeaux / 2 livres offerts pour la collection Azur + 2 cadeaux.

## ☛ COCHEZ la collection choisie et renvoyez cette page au
### Service Lectrices Harlequin – BP 20008 – 59718 Lille Cedex 9 – France

| Collections | Références | Prix colis France* / Belgique* |
|---|---|---|
| ❑ AZUR | ZZ6F56/ZZ6FB2 | 6 livres par mois 27,59€ / 29,59€ |
| ❑ BLANCHE | BZ6F53/BZ6FB2 | 3 livres par mois 22,90€ / 24,90€ |
| ❑ LES HISTORIQUES | HZ6F52/HZ6FB2 | 2 livres par mois 16,29€ / 18,29€ |
| ❑ ISPAHAN* | YZ6F53/YZ6FB2 | 3 livres tous les deux mois 22,96€ / 24,97€ |
| ❑ HORS-SÉRIE | CZ6F54/CZ6FB2 | 4 livres tous les deux mois 32,35€ / 34,35€ |
| ❑ PASSIONS | RZ6F53/RZ6FB2 | 3 livres par mois 24,19€ / 26,19€ |
| ❑ NOCTURNE | TZ6F52/TZ6FB2 | 2 livres tous les deux mois 16,29€ / 18,29€ |
| ❑ BLACK ROSE | IZ6F53/IZ6FB2 | 3 livres par mois 24,34€ / 26,34€ |
| ❑ VICTORIA** | VZ6F53/VZ6FB2 | 3 livres tous les deux mois 25,95€ / 27,95€ |

*Frais d'envoi inclus, pour ISPAHAN : 1er colis payant à 22,96€ + 1 cadeau surprise. (24,97€ pour la Belgique).
**Pour Victoria : 1er colis payant à 25,95€ + 1 cadeau surprise. (27,95€ pour la Belgique)

N° d'abonnée Harlequin (si vous en avez un) ⎵⎵⎵⎵⎵⎵⎵⎵⎵

Mme ❑  Mlle ❑     Nom : _____

Prénom : _____   Adresse : _____

_____

Code Postal : ⎵⎵⎵⎵⎵   Ville : _____

Pays : _____   Tél. : ⎵⎵⎵⎵⎵⎵⎵⎵⎵⎵

E-mail : _____

Date de naissance : _____

❑ Oui, je souhaite recevoir par e-mail les offres promotionnelles des éditions Harlequin.
❑ Oui, je souhaite recevoir par e-mail les offres promotionnelles des partenaires des éditions Harlequin.

**Date limite : 31 décembre 2016.** Vous recevrez votre colis environ 20 jours après réception de ce bon. Offre soumise à acceptation et réservée aux personnes majeures, résidant en France métropolitaine et Belgique, dans la limite des stocks disponibles. Prix susceptibles de modification en cours d'année. Conformément à la loi Informatique et libertés du 6 janvier 1978, vous disposez d'un droit d'accès et de rectification aux données personnelles vous concernant. Par notre intermédiaire, vous pouvez être amenée à recevoir des propositions d'autres entreprises. Si vous ne le souhaitez pas, il vous suffit de nous écrire en nous indiquant vos nom, prénom et adresse à : Service Lectrices Harlequin BP 20008 59718 LILLE Cedex 9. Service Lectrices disponible du lundi au vendredi de 8h à 17h : 01 45 82 47 47 ou 33 1 45 82 47 47 pour la Belgique.

Composé et édité par HarperCollins France.

Achevé d'imprimer en octobre 2016.

Barcelone

Dépôt légal : novembre 2016.

*Imprimé en Espagne.*